Jens Petersen
Die Haushälterin

Jens Petersen
Die Haushälterin
Roman

Deutsche Verlags-Anstalt
München

Für Christina und Gerd

Prolog

Vielleicht hatte ich damals ein falsches Bild von meinem Vater, aber als ich begann, genauer darüber nachzudenken, war es für uns beide zu spät. Er maß zwei Meter, konnte mit seinen blauen Augen die Luft zerschneiden und trug einen schmalen Schnurrbart, den er mit Brother's love in Form hielt. Seine bevorzugten Schuhe waren älter als ich, handgenähte Budapester, die er mit einem Geschirrtuch polierte, in deren Profil graue Flusen vom Teppich seines Büros und die hellen Körnchen der Pfade des städtischen Friedhofs steckten. Wenn das Wetter schlechter wurde, spielte sein Darm verrückt. Hinter dem Kaffeeservice für besondere Gäste lag im oberen Küchenregal ein Vorrat bunter Schachteln. Sobald die Krämpfe kamen, verzog er den Mund, ging zum Schrank, schluckte zwei grüne Kapseln mit einem Teelöffel Honig und sah nach oben, als harrte dort einer, der ihn erlösen könnte.

Er liebte Antiquitäten; unser Haus war voll davon. Mein Urgroßvater hatte sie während der Wirtschaftskrise erstanden. Sie stammten aus Epochen, deren Namen ich ständig vergaß. Jede Volute war voller Bedeutung, aber sobald mein Vater in Monologe verfiel, nickte ich mit dem Kopf, sank in eine Art Trance und dachte an Schallplatten, die ich mir kaufen wollte, oder an Mädchen.

»Diese Intarsien«, setzte er an, »diese Servante«, »diese Poudreuse«, »dieser Bauernspiegel« ... Wenn ich mich auf

Stühle setzte, Schubladen oder Schränke öffnete, rechnete ich mit berstendem Holz, porösem Leim, dem Ausreißen eines Griffes. Es war eines dieser Häuser, in denen man nachts zu bleiben hatte, wo Erwachsene einen haben wollten, im Bett; das knarzende Parkett hätte jeden verbotenen Schritt direkt an ihr Schlafzimmer übermittelt.

Mein Urgroßvater hatte das Haus zwischen den Kriegen gekauft – »für eine Milliarde Reichsmark!«. Diese Anekdote erzählte mein Vater bei Familientreffen, wenn meinen Onkels und Tanten der Gesprächsstoff ausging. Er dröhnte es in die Runde: »Für eine Milliarde Reichsmark!«, mit bemühtem Ernst, als wollte er unser Lachen erzwingen. In solchen Momenten schämte ich mich.

In jede Lehne, jeden Deckel, selbst in den Schuhschrank bei der Garderobe hatte mein Urgroßvater seine Initialen graviert. Er hatte Blumenkübel aus Marmor in den Vorgarten gestellt. Einige Jahre nach Kriegsende, kurz bevor er starb, ließ er Türen einbauen, hinter denen sich kein weiteres Schlafzimmer verbarg, kein ungenutzter Salon, nicht mal eine Kammer, bloß die nackte Außenmauer. Jemand erzählte mir, daß später die stämmigen Frauen der Arbeiterwohlfahrt darauf hereingefallen waren, »Prunk!« und »Luxus!« gerufen hatten, während sie ihm den Hintern putzten.

Im Keller hing dieses Photo: mein Großvater vor seinem Fahrrad. Das Photo war grobkörnig und bleich, unmöglich, im Gesicht zu lesen; aber wie er dastand, in einem Turnanzug, mit geschwellter Brust, die Arme über den Kopf gereckt, zählte er nicht zu den Menschen, die ich gern gekannt hätte.

Mein Vater bezog das Haus nach Ende seines Studiums. Er veränderte fast nichts, als wollte er keine Spuren hinterlassen oder niemanden erzürnen. Lediglich die Hundeklappe zur Terrasse war sein Werk, ein rot lackiertes Blechquadrat mit gummierten Rändern, dessen Scharniere im Wind quietschten. Im Garten markierte ein morscher Holzpflock das Grab eines Golden Retriever, der an meinem dritten Geburtstag das Rattengift in den Ecken der Wäschekammer entdeckt hatte.

Am Südrand des Grundstückes floß der Fluß, ein Nebenarm der Elbe, auf dem im Sommer Familien in ihren Kanus zum Sperrwerk trieben. Manche legten an, breiteten ihre Decken aus, pinkelten hinter die Brombeersträucher und hinterließen auf unserem Rasen leere Zigarettenschachteln, Kerngehäuse oder Klümpchen aus Alufolie. Ich sah ihnen zu, hinter den Gardinen versteckt, damit sie sich nicht fühlten wie Störenfriede.

In der Nachbarschaft wohnten ein junges Ärztepaar, ein Steuerberater, ein Pastor und der Kassenwart der SPD. In ihren Vorgärten standen die neuesten Opel, Hondas und Volkswagen. Die Ärzte hatten ein Baby, das morgens um sechs zu schreien begann; manchmal wachte ich davon auf. Mein Vater und diese Leute hatten wenig miteinander zu tun, höchstens sagten sie »Guten Tag« oder brachten sich Pakete, wenn der Postbote jemanden nicht angetroffen hatte.

Neben der Auffahrt stand eine Eiche. Früher glaubte ich, sie leide an einer tödlichen Krankheit; oben im Stamm und in der Krone wucherten Schmarotzer. An schweren Tagen stand ich am Fenster meines Zimmers und sprach mit dem Baum, wie man mit einem Guru spricht. Ich steckte Zeichnungen nackter Mädchen, mit denen ich gern gegangen wäre, unter seine Borke, und als ich einmal betrunken gegen den Stamm gepinkelt hatte, bestrafte ich mich am nächsten Morgen, indem ich einen Zehnmarkschein verbrannte und die Asche in den Wind streute.

Tagsüber warfen die Äste ihre Schatten auf das Mansarddach. Viktorianische Gauben ragten aus dem Dach hervor, in denen Tauben nisteten, deren Kot die Ziegel bleichte. An Ostern hatte mein Vater genug und warf ihre Nester auf den Kompost. Wir befestigten Fliegengitter. Der Sommer begann, es wurde warm, dann wurde es heiß, so heiß wie nie. Bald hingen in den Fliegengittern vertrocknete Pfauenaugen und Wespen. Ich zupfte sie ab, aus Langeweile; zwischen meinen Fingerspitzen zerfielen sie zu Staub.

1   Als die Ferien begannen, verlor mein Vater seinen Job bei den Hamburgischen Elektrizitätswerken. Zwanzig Jahre hatte er Kernkraftwerke im Hamburger Umland gewartet. Er hatte mir sämtliche Schwachstellen von Primärkreisläufen, Brennelementen und Wärmetauschern aufgezeigt, war morgens um sieben mit seiner braunen Aktentasche zur S-Bahn gegangen und nachmittags zurückgekommen, manchmal spät am Abend, ein- oder zweimal im Monat erst am nächsten Tag. Die HEW hatte ihn vor die Wahl gestellt, nach Japan zu gehen – nicht nach Tokio, sondern in eine kleinere Stadt an der Küste Hokkaidos, wo ein Schneller Brüter gebaut wurde – oder eine Abfindung zu akzeptieren, sechzigtausend Mark. Das erzählte er mir beim Frühstück, an einem Sonntag, einige Tage nach dem Gespräch mit Doktor Steinberg, seinem Chef. Er trug das karierte Flanellhemd mit den abgewetzten Manschetten und strich sein Brötchen mit Leberpastete, nachdem er noch einmal den Deckel der Dose geprüft, das Verfallsdatum kontrolliert und am Inhalt gerochen hatte.

»Sechzigtausend Mark«, sagte er und zupfte die Serviette auf seinem Schoß zurecht.

Ich wußte, daß ihm sein Job gefiel. Er schätzte Doktor Steinberg, und er mochte seine Kollegen. Manchmal sprach er von ihnen, als hätten sich leidenschaftliche

Bienenzüchter, Schachspieler und Antiquitätennarren, Physiker allesamt, durch einen glücklichen Zufall gefunden, um die Gefahren der Nukleartechnik mit einer Leichtigkeit zu bannen, die mich an den Computerkurs der Projektwoche erinnerte. Er schwieg, wenn bei Familientreffen von Urlaubsplanung, Überstundenausgleich oder Vorgesetzten die Rede war, als wollte er die HEW vor meinen Onkels und Tanten, die ihre Jobs offenbar haßten, durch sein Schweigen schützen.

Während der folgenden Tage saß er mit starrer Miene vor dem Fernseher und nestelte am Manschettenknopf seines Hemdes. Die Serben belagerten Sarajevo, Deutschland verlor in Sofia ein Länderspiel gegen Bulgarien. Ich wollte verstehen, warum er Japan nicht wenigstens in Erwägung zog. Er konnte dort helfen, eine riesige Anlage zu errichten, einen Schnellen Brüter der jüngsten Generation, zusammen mit französischen und japanischen Ingenieuren. Angeblich gab es in der Stadt, in die wir ziehen sollten, sogar eine deutsche Schule. Ich ließ ihn allein; ich war sein stilles Nachdenken nicht gewohnt.

Er stand spät auf und ging früh ins Bett. Nachts hörte ich durch die dünnen Wände den Lattenrost in seinem Bett knarren. Oft, wenn ich eingeschlafen war, weckten mich Geräusche aus dem Bad wieder auf. Ich hatte nur einen Menschen gekannt, der zwischen drei und fünf Uhr morgens aufs Klo ging, meine Großmutter, in deren Wohnung ich ein paarmal auf der Couch übernachtet hatte. Ich drückte mein Ohr an die Wand, um herauszufinden, was er tat, aber ich hörte nur seinen Strahl ans Porzellan prasseln; dann kam minutenlang nichts, bis die Spülung rauschte. Ich stellte mir vor, wie er im Sitzen schlief oder starb, an die Wand gelehnt, oder daß er im trüben Spiegel über dem Waschbecken sein Gesicht betrachtete.

Einmal ging ich auf den Flur und wartete im Dunkeln. Er kam heraus, schloß die Tür, drehte sich um und fuhr zusammen.

»Ich bin's.«

»Spinnst du«, sagte er. »Wie spät ist es. Mußt du aufs Klo?« Er roch nach alter Bettwäsche.

»Ich weiß nicht«, sagte ich.

»Du wirst dich erkälten!«

Ich glaubte damals, daß Männer sich von Zeit zu Zeit an einen Tisch setzten und alles miteinander besprachen. Ich hatte das Gefühl, ein solches Gespräch stehe kurz bevor. Aber wir standen um vier Uhr morgens im dunklen Flur, in unseren Pyjamas; ich dachte an seine nackten Füße, an sein Brusthaar oben am Kragen, und plötzlich war er nicht mehr mein Vater, sondern ein Fremder, und ich wollte weg, zurück in mein Zimmer, durchs Fenster nach draußen und über den Zaun.

2   Er hatte das Bad belassen, als lebte meine Mutter noch. Ihr Lou Lou von Cacharel, der rosa Kamm auf der Ablage, kleine weiße Handtücher fürs Gesicht. Sogar ein Päckchen Always Ultra lag noch im Schrank über dem Waschbecken – abgepackt 1987, stand auf der Seite zu lesen. Hin und wieder kamen Frauen und benutzten diese Dinge. Der Spiegel im Parfumflacon sank, in den Zacken des Kammes hingen lange Haare, die Handtücher trugen graue Spuren. Manchmal lag im Mülleimer zerknülltes Papier mit dem Always-Schriftzug.

Da war die Verkäuferin der Schuhboutique am Rathausmarkt. Im Schaufenster hingen Wildlederboots an Nylonschnüren von der Decke, gehüllt in dünne Pelze aus Staub. Zwei der leuchtenden Buchstaben über der Eingangstür waren durchgebrannt: SCH..BOUTIQUE. Als sie das erste Mal in unser Haus kam, brachte sie einen kleinen Beutel Paranüsse mit, den sie mir mit hochgezogenen Brauen überreichte. Wenn ich am Rathausmarkt vorbeikam, lief ich hinter den Kirschbäumen auf der anderen Seite entlang, um ihren Blicken zu entgehen.

Diese Frau stand eines Morgens in unserer Küche, in einem Morgenrock meines Vaters, zwinkerte und prostete mir mit Orangensaft zu. Sie ging zum Fernseher und schaltete ihn ein, setzte sich in den Ohrensessel, schlug die Beine übereinander und trank in aller Ruhe den Saft. Ich setzte mich zu ihr und sagte etwas über das Wetter, eine Sache, mit der Erwachsene sich oft beschäftigten. Aber sie antwortete mir, wie man einem Kind antwortet; ich spürte, daß sie versuchte, besonders freundlich zu sein. Ich wandte mich dem Fernseher zu und schielte dabei auf ihre Füße. Sie hatte krumme Zehen, dunkelrot lackierte Nägel und ein großes Hühnerauge.

»Mögen Sie Stiefel?« fragte ich.

»Stiefel?« sagte sie und zog ein überraschtes Gesicht.

»Stiefel sind toll«, sagte ich. »Man kann sie zu jeder Gelegenheit tragen. Sie nehmen sogar dem Outfit vom letzten Jahr das Tussihafte.«

Ich hatte den Satz in der »Zeit« gelesen, in einem Interview mit Wolfgang Joop. Sie sah mich eine Weile an, dann sagte sie etwas Dummes, etwas völlig Unpassendes. Ich mußte raus aus dem Wohnzimmer. Ich konnte sie nicht ertragen, ihr Lächeln, die nackte Haut ihrer Beine und die Selbstverständlichkeit, mit der sie sich in unserer Küche bediente. Trotzdem gefiel mir etwas an ihr, vielleicht die Tatsache, daß meine Abneigung sie nicht zu stören schien, aber da war noch etwas anderes – das Lou Lou meiner Mutter.

»Ich putz mir die Zähne«, sagte ich und ließ sie im Wohnzimmer allein.

Unter dem Hocker in der Garderobe standen ihre Pumps. Ich wog den linken in meiner Hand, strich mit dem Finger am Absatz entlang, spielte mit den Riemen und roch – ein bißchen Leder, ein bißchen Schuhcreme und dieses seltsame Menschenaroma, anders als meines, anders als das meines Vaters. Ich glaubte, dieses Aroma konnte nur vom Fuß einer Frau stammen, aber ich hatte keinen Vergleich; was meine Mutter an Strümpfen und Schuhpaaren hinterlassen hatte, roch mittlerweile nach Dachboden. Ich holte ein Brotmesser aus der Küche und suchte in meinem Zimmer den Klebstoff, der zum Basteln gedacht war. Ich nahm die Schuhe mit ins Bad, ließ das Wasser laufen, schnitt mit dem Messer die Absätze ab und klebte sie wieder an die Sohlen.

Wir liefen dann ein Stück zusammen, sie zum Bus, ich zum Markt. An der Haltestelle sagte ich »Tschüs«, sie sagte »Ciao« – wieder ihr bemühter Blick, diese Freundlichkeit. Ich bog um die nächste Ecke, blieb stehen, ging ein Stück zurück, duckte mich hinter den Altglascontainer und sah ihr beim Warten zu.

Sie stand einfach da, in der Entfernung kaum größer als meine Fingerkuppe, die Arme vor der Brust verschränkt. Sie ging zum Fahrplan, sah auf die Uhr, wippte von einem Bein auf das andere, eine nervöse Frau an einer Bushaltestelle. Ich hatte diese Sendung über ein Mädchen gesehen, das in London Schuhe bei John Lobb verkaufte: morgens die Fahrt zur Arbeit, sieben Stunden herumstehen mit entspanntem Gesicht, eine Stunde Gespräche führen: paßt wie angegossen, aber probieren Sie noch den hier, der ist ein bißchen teurer, die Verarbeitung, Sie verstehen. Abends Kartoffeln kochen an einem kleinen Herd in einer Wohnung in Lewisham, das mich an Allermöhe erinnerte, direkt vorm Fenster das Nachbarhaus, im Briefkasten nur die Stromrechnung und Reklame vom Pizza-Service...

Vielleicht war alles ganz anders, aber nach solch einem Leben sah unsere Schuhverkäuferin aus.

Plötzlich dachte ich, daß mich das alles nichts anging. Ich wollte zurückgehen und sie warnen; ich hatte erlebt, wie ein Mädchen aus der Schule mit gebrochenem Absatz umgeknickt war und mehrere Stunden operiert werden mußte. Dann kam der Bus, und sie stieg ein und fuhr an mir vorbei. Ich sah sie am Fenster sitzen, ein Umriß wie aus Papier geschnitten.

Ich ging zum Markt, kaufte Salat, frische Eier und Karotten. Ich sah ein Töpfchen mit Walderdbeeren und handelte den Preis herunter, probierte orangenen Käse und aß an einem Stand ein Würstchen. Über die Schuhverkäuferin dachte ich nicht mehr nach.

Beim Abendbrot fragte mein Vater, was ich von ihr hielte.

»Und du von ihr?« sagte ich.

»Ein bißchen langweilig«, sagte er.

»Ja«, sagte ich, »und sie verbraucht Mutters Lou Lou.«

Er starrte auf die Walderdbeeren. Ich hatte sie in unserer schönsten Schale auf den Tisch gestellt.

»Es ist nicht einfach, jemanden zu finden«, sagte er. »Ein paar Wochen noch.«

3   Max von der HEW rief an. Er leitete die Presseabteilung, hatte zwei Töchter, die studierten, und spielte am ersten Weihnachtsfeiertag in der Kirche Fagott. Frank aus der Buchhaltung rief auch an. Mein Vater hatte oft mit den beiden im Garten gesessen und Koteletts gegrillt. Sogar Doktor Steinberg rief irgendwann an.

»Ich bin beschäftigt«, sagte mein Vater. »Oder nicht da. Such dir was aus.«

Er bohrte sich ein Stäbchen vom China-Food-Service ins Hosenbein. Die Bezüge der Couch, das Tischtuch, der Gardinenstoff, das ganze Wohnzimmer verströmte nach einer Woche China-Food-Service die Aromen von Ente süßsauer, Pflaumenlikör und Schweinefleisch mit Sojasauce.

»Sag ihnen, ich bin spazierengegangen.«

Damals konnte ich die Nuancen ihrer Stimmen nicht deuten. Die Zahl ihrer Anrufe – allein Doktor Steinberg versuchte es viermal – schien zu belegen, daß mein Vater diesen Männern wichtig war. Er ließ sich weiter verleugnen. Schließlich fragte ich ihn nicht mehr, sondern begann, mir selbst Geschichten auszudenken: Einmal hatte er sich die Schulter ausgekugelt und mußte bis zum nächsten Morgen in der Klinik bleiben, dann war sein Wagen abgeschleppt worden, und er saß in der Stadt fest. Irgendwann blieb das Telefon still. Es kam mir vor, als wäre mein Vater mit dem Sessel verbacken, als nähme seine Haut langsam die Farbe des Polsters an.

Schließlich griff er doch nach dem Hörer, und einige Stunden später stand eine Frau vor der Tür, die, daran konnte ich mich erinnern, in Trines Kombüse am Bahnhof Labskaus und Stintsuppe kochte. Sie war eine dieser älteren Frauen, in deren Gesichtern man gerade noch ein Mädchen ahnen konnte. Sie roch nach süßem Schnaps, und eine breite Laufmasche lief vom Saum ihres Minirocks hinunter bis zum Knöchel.

»Bin ich hier falsch?« fragte sie.

»Nein«, sagte ich. »Ich bin der Sohn.«

»Sein Sohn? Da hat er nie von gesprochen.«

Ich überlegte, ob sie vielleicht zu jenen Frauen gehörte, die ein Witwer – das hatte mein Vater mir nach dem Tod meiner Mutter erklärt – benutzen müsse wie eine Arznei gegen das eigene Sterben.

Am Abend steckte ich mir Watte in die Ohren, band ein schwarzes T-Shirt um meinen Kopf und versuchte zu schlafen, aber ich schwitzte, träumte schlecht, und als ich aufwachte und durch die Wand das Pumpen der Stahlfedern in der Matratze meines Vaters hörte, war mir, als würde darunter unser Leben zu Staub zermahlen.

4   Als mein Vater am nächsten Morgen aus dem Bad kam, klebte Blut an seiner Lippe. Er hielt etwas Gelbliches zwischen den Fingern. Zuerst sah ich weg, und als ich hinsah, erkannte ich Zähne. Die Frau aus Trines Kombüse war fort.

»Nicht so schlimm«, sagte er. »Ist nur eine Brücke.«

Ich wußte nicht, was eine Zahnbrücke war, und traute mich nicht, ihn danach zu fragen. Ich legte mich wieder in mein Bett und starrte an die Decke, wo unter einem Himmel aus fluoreszierenden Sternen der Helikopter hing.

Am letzten Schultag hatten wir bei Luigi Garnelen gegessen und waren danach an die Elbe gefahren. Mein Vater hatte den Wagen direkt am Deich geparkt. Er hatte sich die Hände gerieben, den Kofferraum geöffnet und das rote Geschenkband mit seinem Nagelknipser durchtrennt.

»Lassen wir ihn fliegen«, hatte er gerufen.

Dann war er vor mir her an der Böschung entlanggerannt, hatte den Helikopter über die Köpfe der Schafe sausen lassen und sich vor Lachen ins Gras geworfen. Später hatte er die getrockneten Schafsködel mit einem Teelöffel von seinem Trenchcoat gekratzt, naßgeschwitzt und grinsend.

Ich schloß mich im Bad ein und suchte. Als er in den Keller ging, sah ich in seinem Zimmer nach, im Schrank und in der Kommode – die Zähne waren verschwunden.

Ich hörte ihn unten wühlen und fluchen. Nach einer halben Stunde, ich preßte gerade Orangen aus, kam er mit einer angerosteten Moulinex-Maschine unter dem Arm in die Küche; früher hatten die stämmigen Frauen der Arbeiterwohlfahrt mit dieser Maschine das Essen meines Urgroßvaters zu Brei gequirlt.

Den Morgen verbrachten wir vor dem Fernseher. Ich beobachtete meinen Vater von der Seite; als er es merkte, tat ich, als würde ich aus dem Fenster starren.

Beim Mittagsmagazin begann er plötzlich zu schmatzen.

»Ich ruf den Zahnarzt an«, sagte ich und stand auf.

»Laß gut sein«, sagte er und sah mich an mit diesem Blick.

»Okay«, sagte ich und stellte das Telefonbuch zurück ins Regal. »Kann ich irgendwas machen.«

»Ruh dich aus«, sagte er. »Du hast ein langes Schuljahr gehabt.«

Er beugte sich zur Seite und stellte eine leere Flasche König Pilsener in die Nische neben der Heizung, dann sank er zurück in den sandfarbenen Ohrensessel. Früher hatte mein Großvater darin gesessen. An seinem achtzigsten Geburtstag hatte er mich herangewinkt und meine Schultern zwischen seine fleckigen, knochigen Hände genommen, die aussahen wie die Tiefseespinnen aus dem Was-ist-was-Band »Meereskunde«.

»So«, hatte er gesagt, mehr nicht.

Ich hatte ihn angesehen und gewartet. Er hatte sich die Lippen geleckt und dabei gesummt wie ein Insekt.

Ein paar Wochen später stand der Sessel in unserem Wohnzimmer. Im Polster hatte mein Großvater einen schimmernden Abdruck hinterlassen. Mein Vater war in den Keller gegangen, hatte Wachs erhitzt und damit das Birnbaumgestell poliert. Ich fragte mich, wann die abgewetzten Bezüge zu Staub zerfallen würden.

»Wir könnten ein bißchen arbeiten«, sagte ich.

Wir hatten uns vorgenommen, das Treppengeländer zu streichen, eine Chaiselongue zu entwurmen, die Silberfischlöcher im Teppich zu stopfen, die Dusche frisch zu verfugen und eine verchromte Dachrinne anzubringen.

»Fahr in den Süden«, sagte mein Vater. »Jetzt sind Ferien.«

Er blätterte in der Fernsehzeitschrift. An seinen reglosen Augen sah ich, daß er betrunken war.

»Hier ist ein Artikel über den Peloponnes. Man kann das ›Theater von Epidauros‹ entdecken ... da gibt es ›gebratene Tintenfische und Auberginen in Essig und Öl‹ ... Flüge nach Kalamata sind gerade ziemlich günstig.«

Er sprach, als glaubte er nichts von dem, blätterte vor und zurück, hielt die Lippen geöffnet wie einer, den der Schlag getroffen hat. Draußen zogen Wolken auf, Vorboten eines Sommergewitters. Schon liefen dünne Wasserfäden an den Fenstern herab.

Ich wollte nicht in den Süden fahren. Ich wollte nirgendwo hinfahren. In der Küche begann das Geschirr zu stinken. Die Zeitschriften auf dem Wohnzimmertisch, deren Anordnung sonst System hatte – die neuesten obenauf, parallel zur Tischkante ausgerichtet, jeder Adreßaufkleber sorgfältig entfernt –, diese Zeitschriften lagen teils auf dem Sofa, mit eingerissenen, von heißen China-

Food-Styroporschalen gewellten Umschlägen, die Seiten befleckt mit getrockneter Sojasauce, teils lagen sie zerfleddert auf dem Fußboden; von der Juliausgabe des »Journal of Modern Physics« war nur das Titelblatt übrig, während ihr Abonnent, der gern in die Bretagne fuhr, um seine schwachen Bronchien an salziger Luft zu kurieren, mit zitternder Stimme eine staubige Halbinsel im Süden Griechenlands lobte.

»Ich geb dir das Geld«, sagte er. »Andere Jungen wären froh.«

»Der Süden interessiert mich nicht.«

»Was hast du schon wieder«, sagte er.

»Nichts. Alles in Ordnung.«

Ich ging in die Küche, schrubbte pelzige Reste von den Tellern und räumte einen Teil des Geschirrs in die Spülmaschine. Dann nahm ich aus dem Hängeschrank das in Leder gebundene Buch, in dem meine Mutter Skizzen gemacht und Rezepte gesammelt hatte. Ihre Handschrift war fein, mit zarten Bögen und Punkten, die dünne Schweife aus Tinte trugen wie winzige Kometen. Als ich blätterte, fielen getrocknete Kornblumen auf den Boden; ich hob sie auf und legte sie wieder zwischen die Seiten. Da waren die Ferkel, eins lag auf dem Bauch, das andere auf dem Rücken; von der Sau sah man nur die Zitzen. Daneben stand das Rezept für diesen Salat mit Pinienkernen und Speck. Ich nahm eine Handvoll Rucola aus dem Gemüsefach, stellte den Herd an, brachte Öl zum sieden und legte die Speckscheiben hinein; sie schimmerten in der Pfanne wie grünstichiges Perlmutt. Ich schälte rote Zwiebeln, hielt sie von mir weg, damit mein Vater nicht, wenn er aus der Küche ein König Pilsener holte, fragen würde, warum ich weinte.

Plötzlich knarrte der Sessel. Mein Vater stöhnte; die Bleiglaskaraffen vibrierten zu seinen dumpfen Schritten. Ich nahm den Speck von der Herdplatte. Die Tür zum Klavierzimmer quietschte. Wieder einige Schritte, das Schaben der filzbezogenen Füße des Klavierhockers auf dem Parkett, dann das Knacken trockenen Holzes. Ein kurzes Innehalten. Pfeifende Atemstöße, das Rascheln von Papier, ein Umblättern, schließlich Töne: Debussy, von dem meine Mutter behauptet hatte, daß sie ihn liebe – einen Mann, der vor beinahe achtzig Jahren gestorben war.

Oft hatte ich, wenn sie spielte, hinter ihr gestanden, in die zerfledderten Seiten oder auf ihren Nacken geschaut. Sie hatte mir erklärt, was »Andante très expressif« hieß, und gleich darauf ihre schlanken Finger über die Tasten gleiten lassen. Seit ihrem Tod versuchte mein Vater, »Clair de Lune« zu spielen; er hatte bei Steinway am Rondenbarg ein Buch für Klavieranfänger gekauft, hatte gelernt, Noten zu lesen, und als nach einigen Wochen die ersten Takte beinahe klangen wie bei dem tschechischen Pianisten auf dieser abgenutzten Platte, war er in den Garten gegangen, hatte sich an den Fluß gesetzt, seine Pfeife angesteckt und ein Schneuztuch hervorgezogen. Seitdem kam er nicht weiter. Er stolperte über die Stelle mit dem Hinweis »Un poco mosso« wie ein Vergeßlicher über die Bordsteinkante vor dem eigenen Haus. Er trat das Pedal durch, bis die Mechanik im Inneren des

Klaviers ächzte, spielte Phantasieakkorde, schlug mit der flachen Hand auf die Tasten und nahm dann einen Schluck Bier; ich hörte das Schmatzen, als sich seine Lippen von der Flasche lösten.

»Was brätst du da?« rief er.

»Speck«, sagte ich.

»Was?« rief er, »sprich lauter!«

Ich schwieg. Er begann wieder zu spielen, diesmal ein Stück aus dem Übungsbuch, einen einfachen Walzer. Am Schluß des Stückes begann er von vorn, dann wieder, als wäre er schwachsinnig. Ich stieß mit dem Fuß die Küchentür zu, aber der Walzer drang hindurch; ich schaltete das Radio auf der Fensterbank ein, suchte einen Sender, drehte auf bis zum Anschlag und rührte zu einem Song von INXS, bis die Zwiebeln am Boden der Pfanne schwarze Krusten hinterließen.

Schließlich nahm ich eine Schüssel, legte die Rucolablätter hinein, tat einige Pinienkerne, die Zwiebeln und den Speck dazu und träufelte Essig darüber. Ich las noch einmal das Rezept; meine Mutter hatte diesen Salat auf die gleiche Weise zubereitet, und doch hätte, was vor mir stand, aus einem Kuhmagen stammen können. Ich schlug das Buch zu, wischte die Spritzer vom Umschlag und schob es zurück ins Regal.

Im Radio liefen Nachrichten. Ich schaltete aus. Bis auf zwei Wespen, die um die Salatschüssel surrten, war es still in der Küche. Plötzlich tat mir mein Vater leid. Ich ging ins Wohnzimmer, um ihm ein Glas Wasser mit Zitrone zu bringen, aber der Ohrensessel war leer. Im Klavierzimmer stand seine Bierflasche auf dem Parkettboden, daneben lagen die Noten, und dann war da dieser Geruch, der morgens aus seinem Schlafzimmer in den Flur drang, den der Wäschesack verströmte, wenn seine Unterhemden zu lange darin gelegen hatten.

Ein Knall.

Ich stürzte zur Kellertür. Mein Vater lag am Fuß der Treppe, um ihn bunte Scherben, die Messingteller des Schützenvereins und ein ausgestopfter Fasan. Von seinem Kopf rann helles Blut auf den gefliesten Boden. Ich schrie ihn an, schrie: »Laß das!«, und stützte mich am Türrahmen ab. Sein Bein war verdreht, das Knie lag unter seiner Hüfte. Ich stieg die Stufen hinab, eine nach der anderen, hielt mich am Geländer fest, hoffte, er würde aufspringen und über meine Einfalt lachen. Unter meinen Hausschuhen knirschte das Glas der zerbrochenen Flaschen. Der Gestank verbrannter Zwiebeln verlor sich in den Aromen von Kümmel und Mirabellenschnaps. Ich hockte mich neben ihn und sah in sein schlaffes Gesicht, wischte mit meinem Ärmel den Schweiß von seiner Stirn. Das Glas seiner Omega-Uhr war zerbrochen, ein Zeiger wies Richtung Decke. Auf seiner Nase wuchsen Haare – ich sah sie zum ersten Mal –, Haare wie die seiner Koteletten, silberbraun und starr.

Plötzlich zuckte sein Bein. Ich rannte nach oben, riß den Hörer ans Ohr und wählte eins-eins-null. Die Leitung war tot, ich legte auf, hob wieder ab: das Freizeichen. Ich wählte wieder, falsch diesmal. Ich rannte auf die Straße und schrie.

5   Sein Körper ruckte, als wir über das Kopfsteinpflaster am Pfingstberg rasten. Die Sanitäter hatten ihn mit Gurten auf die Liege geschnallt; ich hielt seine blasse Hand. Der blutverschmierte Kopfverband war ihm über die Augen gerutscht. Wenn er stirbt, dachte ich, aber ich zwang mich, nicht weiterzudenken, als könnte ihn das am Leben halten. Am Rand der beschlagenen Atemmaske rann sein blasiger Speichel herab; ich fing ihn auf und wischte meine Finger am Hosenbein trocken.

Sie behielten ihn bis zum späten Abend im Operationssaal. Ich saß am Empfang bei der Telefonistin und zuckte zusammen, sobald Geräusche vom Ende des Ganges kamen, zitterte, als verschwitzte Gestalten mit gesenktem Blick Funkempfänger in die Buchsen der Ladegeräte steckten, bevor sie Richtung Ausgang schlichen; sie waren wie Krieger auf dem Rückzug nach einer verlorenen Schlacht.

Dann holte mich ein Pfleger ab und fuhr mit mir im Fahrstuhl nach oben. In seiner Tasche steckte ein dünnes Buch von Georges Simenon, und an seiner Brust war ein schmaler Streifen Stoff eingenäht, auf dem in schwarzen Buchstaben »Mlatko Josic« stand. Ich mußte meine Hände waschen und in einen Kittel schlüpfen. Der Mann, der Mlatko Josic hieß, drehte mich herum und knöpfte mir den Kittel hinten am Rücken zu.

»Komm, brazo«, sagte er.

Mein Vater lag in dem dunklen Zimmer am Ende des Korridors, umgeben von einem Gestrüpp aus Schläuchen und leuchtenden Monitoren. Ich ging einen Schritt auf das Bett zu, dann noch einen, und als ich vor ihm stand und das verkrustete Blut an seinen Wimpern sehen konnte, berührte ich seine Hand. Metallstangen ragten aus seinem Bein wie silberne Mikadostäbe. Er schlief mit offenem Mund, und es war still im Raum bis auf seinen Herzschlag, ein elektrisches Piepsen. Ein hohes C, dachte ich.

Ich besuchte ihn jeden Tag. Wenn ich kam, hob er die Hand zum Gruß und nickte mir zu. Dann stellte ich einen Stuhl ans Bett, setzte mich hin und trank eine Tasse Kamillentee oder Leitungswasser. Wir sprachen nicht viel, meist starrte er zur Leuchtstoffröhre an der Decke. Manchmal schob ich den Kopfverband hoch, der ihm über die Augen rutschte, sobald er sich bewegte; seine ausgetrockneten Lippen formten dann ein tonloses »Danke«. Nachmittags kam Mlatko Josic, um den Inhalt des Plastikbeutels, dessen Schlauch nach zwei Windungen unter der Bettdecke verschwand, in einen Eimer abzulassen und immer die gleichen Fragen zu stellen: ob mein Vater Schmerzen habe, ob er Wünsche habe. Mein Vater zuckte nur die Schultern.

Oft saß er auf der Pfanne mit dem langen Griff; er litt an Verstopfung und mußte dagegen diesen hellen Sirup trinken. Einmal, als er gerade schlief, goß ich ein bißchen

davon in den Meßbecher. Ich roch, nippte, lief zum Waschbecken, spuckte aus und spülte sofort mit Mundwasser nach. Wenn Mlatko Josic die leere Pfanne hervorzog, schwenkte er sie, als wollte er ein Spiegelei wenden, zeigte auf die Sirupflasche und zog seine Stirn in Falten.
»Immer schön trinken«, sagte er.
»Ja«, sagte mein Vater und zupfte am Ärmel des hellgrünen Nachthemds.
Mlatko Josic zwinkerte. Mein Vater zwinkerte zurück, führte den Meßbecher an die Lippen, schluckte, wandte den Kopf zum Fenster, sah hinaus und grinste, obwohl am Himmel nur ein paar Vögel und der Schweif eines Jagdflugzeugs waren.

Einmal räumte ich Unterwäsche in den Schrank, als Mlatko Josic das Frühstück brachte – Brötchen mit Dosenleberwurst und einer trockenen Käsescheibe. Er und mein Vater zogen Gesichter, als hätte man sie mißhandelt; dann lachten sie. Mein Vater legte den Käse auf sein Brötchen, kratzte mit der Messerspitze die Reste aus der Leberwurstdose, aß, befeuchtete einen Finger mit Spucke und pickte die Krümel vom Teller, ein Leuchten in den Augen.

Am dritten Tag saß ich dem Professor in seinem Büro gegenüber. Er schob einen Teller mit Butterkeksen in die Mitte des Schreibtisches. Neben dem Telefon standen gerahmte Photographien: Der Professor mit Michael Stich, der Professor in einem Landrover, der Professor beim Zieleinlauf des Hanse-Marathons.

»Und«, sagte er, »mögen Sie auch Debussy?« Seine Augäpfel waren von feinen, hellroten Adern durchzogen. Er lehnte sich zurück; unter ihm knarrte das Gestell des lederbezogenen Sessels.

»Ihr Vater hat Glück gehabt«, sagte er. »Der Kopf ist heil geblieben.«

»Was ist mit dem Bein?« sagte ich.

»Das Beinchen.« Er winkte ab. »Kriegen wir hin. Versprochen.«

Er fuhr sich mit der Hand durchs Haar, das schwarz war und ihm wie einem jungen Mann ins Gesicht fiel. Ich glaubte, daß er alles verstehe, schließlich traf er ständig Menschen, die Probleme hatten.

»Er redet nicht mit mir«, sagte ich.

Der Professor senkte den Kopf. An der Wand hinter ihm hing ein buntes Plakat, »Kunsthalle Hamburg – Robert Delaunay«: ein Doppeldecker, der Eiffelturm, eine Tänzerin auf einem Hochseil.

»Nun«, sagte der Professor. Er stützte die Ellenbogen auf den Schreibtisch und faltete seine Hände. »Ist Ihnen klar, daß Ihr Vater ein Alkoholproblem hat?«

»Natürlich«, sagte ich.

Er machte sich gerade und griff nach den Keksen.

»Erinnern Sie sich, wann Ihnen das zum ersten Mal aufgefallen ist?«

»Vor acht Jahren«, sagte ich. »Weihnachten siebenundachtzig.«

Meine Mutter war gestorben. Mein Vater hatte Urlaub genommen und war mit mir nach Sylt gefahren. Er hatte ein kleines Apartment mit Garage in Rantum gemietet. Tagsüber liefen wir in unseren Daunenjacken den Strand entlang, schaumige Gischt in den Gesichtern, an den Füßen Moonboots, deren Sohlen im kalten Sand runde Abdrücke hinterließen. Wir trugen orangene Rucksäcke, die er in Westerland gekauft hatte. Meiner war gefüllt mit der Feldflasche, einem Säckchen Mandarinen und der neuen »Micky Maus«. In seinem Rucksack steckten Brote, »Stullen«, wie er sie nannte, belegt mit geräuchertem Aal und Mettwurst, ein Band mit Gedichten von Rilke, ein Flachmann und eine Flasche Scotch, aus der er nachfüllte, sobald er den Flachmann geleert hatte.

Abends blies er die Kerzen an unserem Weihnachtsbaum aus, fuhr mit dem Wagen nach Westerland und kam erst nach Mitternacht zurück, Kneipendunst in den Kleidern und so betrunken, daß er einmal auf dem Fußboden schlief, wo ich ihn morgens in einer Pfütze getauten Schnees fand.

»Wie alt sind Sie«, fragte der Professor.

»Sechzehn«, sagte ich.

»Sie sind jung«, sagte er. »Ich habe auch einen Sohn. Er ist gerade neunzehn geworden. Ziemlich guter Surfer.«

Am Telefon leuchtete eine Lampe. Er nahm den Hörer und sagte: »Jetzt nicht.« Er lockerte seine Krawatte, öffnete den oberen Knopf seines Hemdes und lehnte sich wieder zurück.

»Warst du schon mal surfen?«

»Nie«, sagte ich. Daß er mich duzte, gefiel mir nicht.

»Mit sechzehn hatte ich auch Probleme. Meinen Vater haben sie abgeschossen, dreitausend Meter über Brighton. Ich hatte vier Schwestern, und meine Mutter war Näherin in Geesthacht.«

»Das tut mir leid«, sagte ich.

Er nahm noch einen Keks.

»Wir haben Milch mit Wasser getrunken wie die jungen Katzen. Damals war mein Lieblingsspielzeug eine alte Blechdose, auf die meine Mutter mit einem Stück Kohle zwei Augen gemalt hatte.« Er starrte über mich hinweg, als wäre etwas in der Luft, was nur er entdecken konnte.

»Ich muß noch einkaufen«, sagte ich.

»So«, sagte der Professor. Er verharrte einen Moment. Schließlich reichte er mir über den Schreibtisch hinweg seine Hand.

»Wenn die Dinge sich ändern, weiß man nicht, was wird«, sagte er. »Aber weiß man, was wird, wenn sie sich nicht ändern?«

»Danke«, sagte ich, und dann ging ich raus, nickte der Sekretärin zu und dachte, daß dieser alte Idiot schlimmer war als alle Erwachsenen, die ich bis dahin getroffen hatte.

Am 23. Juli lief mein Vater zum ersten Mal mit der Krankengymnastin von seinem Bett ins Treppenhaus, wo die Raucher der Station beim Aschenbecher standen und ihm applaudierten. Er lehnte sich an die Wand, lachte und winkte mit seinen Krücken. Manchmal sprach er mit ihnen über Politik oder Sport; sie standen im Halbkreis um seinen Rollstuhl und hörten zu. Er klagte über dies und das, ballte die Fäuste und fletschte die Zähne, erzählte Anekdoten oder schüttelte resigniert den Kopf, während sie brummten und stampften, lachten oder betreten schwiegen. Er gab ihnen Stimmungen vor wie Tonlagen, in die sie bereitwillig einfielen; es war, als schenkte er diesen Menschen in ihren Bademänteln etwas, das er für sich behielt, sobald wir wieder allein waren.

6 Ich rief bei der »Morgenpost« an und gab eine Anzeige auf: »Vater und Sohn suchen Haushälterin. Halbtagsarbeit, dreimal pro Woche.«

»Ist das alles.« Die Frau am anderen Ende der Leitung klang heiser.

Ich hatte solche Anzeigen in der Samstagsausgabe gelesen. Manche von ihnen waren mit einem Zusatz versehen: »Gute Deutschkenntnisse erwünscht«, »kein Sex« oder »Spaß am Bügeln«.

»Das ist alles«, sagte ich. »Danke.«

Ich fragte mich, warum ich nicht früher darauf gekommen war. Im Gerätekeller klemmte hinter dem Stromzähler noch ein Bündel staubiger Hundertmarkscheine.

»Für den Notfall«, hatte mein Vater gesagt und ein sprödes Einweckgummi über das Bündel gerollt. Ich hatte geglaubt, er würde spinnen.

»Möchten Sie, daß per Chiffre oder direkt geantwortet wird?«

Ich gab unsere Telefonnummer durch.

»Auf Wiederhören«, sagte die Frau mit der heiseren Stimme.

Als ich auflegte, war mir klar, daß mein Vater geahnt haben mußte, wie sich die Dinge entwickeln würden.

Plötzlich freute ich mich auf den Tag, an dem er zurückkommen würde, auf seinen überraschten Blick und das »Willkommen daheim!« einer Frau mit kräftigen Armen, blitzenden Augen und dem Humor meiner Großmutter, die ihm den Hintern versohlt und dafür gesorgt hatte, daß er die längste Zeit seines Lebens ein anständiger Mensch gewesen war.

Ich bügelte Hemden und Socken, legte sie in eine Reisetasche, tat den neuesten »Stern« dazu und brachte alles in die Klinik. Am Abend kippte ich eine Tüte voller verschwitzter Unterhosen, die mein Vater aussortiert hatte, in den Wäschekorb. Dann belegte ich ein Baguette mit gebratenen Fischstäbchen, setzte mich vor den Fernseher und schaltete hin und her: ein seltsamer Film mit Romy Schneider, Schneeleoparden auf Beutezug, Lenny Kravitz auf Tournee.

Mir war warm; ich wollte zum Bootsschuppen, in einem vertäuten Tretboot sitzen und ein paar Steine ins Wasser werfen. Ich schaltete den Fernseher aus, aß das Baguette und stellte mein Saftglas und den Teller in die Spüle. Dann band ich meine Trainingsjacke um, ging zum Bücherregal, zog hinter Großvaters lederner Bibel die Zigarillos hervor und nahm den Haustürschlüssel vom Haken neben der Garderobe.

Der Bootsschuppen lag etwas abseits. Ich lief bis zum Ende der Straße, dann weiter auf einem Pfad durch hohes Gras und Brennesseln, vorbei an der Villa dieses Mannes, der ständig für das Rote Kreuz in Afrika unterwegs war; so mußten Kolonialvillen in Ghana oder Liberia aussehen:

drum herum eine hohe Mauer, das Dach zerfressen von Jahren im Wind, Risse quer durch die Fassade, in denen Vogelnester steckten, auf dem Balkon an Wäscheleinen fleckige Unterhemden, im Hof auf Böcken die Karosserie eines ausgeschlachteten Jeeps. Sein Sohn saß oft vor diesem Café in der Fußgängerzone und rauchte. Wir gingen in die gleiche Schule. Er war ein paar Klassen über mir; ich glaube, er stand vor dem Abitur. Er war ein richtiger Frauenheld, verschenkte auf dem Pausenhof Gras und trampte im Sommer durch Marokko.

Ich sprang hoch, um über die Mauer ins Wohnzimmer zu sehen, aber es brannte kein Licht. Manchmal lag er mit einer seiner Freundinnen auf dem Berberteppich und fummelte, was das Zeug hielt. Ich sprang noch einmal hoch, riß eine Heckenrose ab, formte aus der Blüte zwei Knödel und steckte sie mir in die Nase, um den Plastikgeruch des Tretbootes nicht ertragen zu müssen.

Der Mond schien hell. Ich zog das Tor auf und lief über die Liegewiese. Bevor ich beim Schuppen um die Ecke bog, hielt ich den Atem an und horchte. Manchmal saßen um diese Zeit Paare in den Booten. Ich wollte niemanden stören, außerdem wollte ich allein sein. Ich konnte nicht in die Sterne gucken, während vielleicht ein anderer auf meinen Rücken starrte und sich irgend etwas über mich zusammenreimte. Ich stieg in eines der Boote, streckte mich auf dem kantigen Sitz, zündete einen Zigarillo an und blies den Rauch in die Nacht. Dort war der Polarstern, da der Große Wagen. Das Gefieder einer Ente schimmerte im Schilf.

Plötzlich kamen Geräusche vom Schuppen; ich spuckte den Zigarillo ins Wasser und duckte mich hinters Steuerrad.

»Komm«, sagte ein Mann. Ich hatte die Stimme schon einmal gehört. »Schaffst du's? Warte, ich helf dir. Hier, nimm meine Hand.«

Dann liefen sie über die Planken; zwei Personen, dachte ich, ein festes, stumpfes Tapsen und ein hartes, spitzes Klack-Klack-Klack.

»Schön«, sagte eine Frau. »All die Sterne. Viel heller als sonst.«

»Das kommt, weil es hier draußen besonders dunkel ist. Keine Straßenlaternen. Keine beleuchteten Häuser.«

»Ah«, sagte die Frau.

Es war die Schuhverkäuferin. Ich hob den Kopf ein Stück und sah sie mit dem Kassenwart der SPD am Ende des Steges stehen. Er hatte seinen breiten Arm um ihre Taille gelegt. Sie blickten nach oben. Der Kassenwart zeigte mit seinem Finger in den Himmel und flüsterte ihr etwas ins Ohr. Sie lachte, er lachte auch. Ich fragte mich, was mein Vater täte, ob er einfach den Kopf schütteln oder sich den Kerl schnappen und ihm eine verpassen würde.

»Guck mal«, sagte sie. »Eine Ente.«

»Ja«, sagte er und zuckte die Schultern. »Bißchen mager für den Kochtopf.«

Seine Hand wanderte abwärts und blieb auf ihrem Hintern liegen. Dann küßte er sie; er beugte sich über seinen Bauch und rieb seinen Vollbart in ihrem Gesicht. Beinahe tat sie mir leid. Sie stand auf Zehenspitzen, umklammerte ihn und stöhnte leise, als wollte sie ihn zusammenhalten wie einen riesigen Sack, der aus allen Nähten platzte.

Als ich im Bett lag, dachte ich nach, bis draußen die Drosseln schrien und der erste Frühschichtler die Tür seines Wagens zuschlug. Ich schwor mir, meinem Vater von der Sache nichts zu erzählen. Sie hatte uns verraten. Ich wußte nicht einmal, ob es meinem Vater etwas ausgemacht hätte. Ich selbst kam mir vor wie der Betrogene. Sie war mir auf die Nerven gegangen, ich hatte sie abstoßend gefunden, und trotzdem konnte sie mich enttäuschen wie einen Liebhaber.

7   Ich stellte mir ihre Gesichter und ihre Kleider vor, stellte mir vor, wie sie mit uns Tee aus der Thermoskanne tranken und meinen Vater zum Reden brachten. Neben einer von ihnen würde er beim Fernsehen sitzen. Sie würden zusammen einkaufen gehen, ins Kino, vielleicht ins Theater. Ich schrieb auf einen Zettel, wie diese Frau sein mußte: Mitte Vierzig bis Fünfzig, ein bißchen älter als er, damit sie sich wehren konnte wie eine große Schwester, Nichtraucherin, manchmal ein Bier.

Sie durfte keine Ähnlichkeit mit meiner Mutter haben.

Ich rückte den Ohrensessel zum Tisch und stellte die Stehlampe daneben. Auf den Tisch legte ich das Photo vom letzten Weihnachtsfest der HEW, auf dem mein Vater in seinem Smoking einen Toast ausbringt, einen Band mit Rilke-Gedichten und einen Jugendstilhandspiegel, von dem er behauptet hatte, nur Leute mit Geschmack wüßten seinen Wert zu schätzen.

Die erste klingelte am Mittag. Sie hatte violettes Haar, trug einen Fuchspelz und fragte, um wieviel Uhr meine Eltern von der Arbeit nach Hause kämen. Sie ließ ihren Tee kalt werden. Ich stand auf und ging in die Küche, um Schokoladenkekse zu holen. Als ich durch den Türspalt zurück ins Wohnzimmer sah, griff sie nach dem Jugendstilspiegel und prüfte ihr Dekolleté.

Dann kam eine Frau mit traurigen Augen und einem Bobtail, der an Rheuma und Magenkrebs litt und die Kekse aus ihrer Hand fraß. Sie sah aus dem Fenster und sagte: »So ein schöner Rasen!«

Die nächste nahm den Rilke-Band, las zwei Gedichte vor, seufzte und hielt sich die Brust. Mittendrin klopfte eine ans Fenster, die vor den Serben geflüchtet war und nicht aufhören konnte zu lachen. Zwei weitere warteten schon im Garten, schnatterten, drückten ihre Zigaretten am Stamm der Eiche aus und schnippten die Filter ins Rosenbeet. Schließlich kam eine, die glitzernde Ohrringe und eine breite Goldkette trug. Sie wollte sofort die Waschküche sehen. Als sie das Haus verlassen hatte, war auch der Jugendstilspiegel verschwunden; ich stürzte nach draußen, aber sie bog schon auf ihrem Rad um die nächste Ecke.

Viele Blicke streiften die Photographie meines Vaters. Ich sah den Frauen an, daß sie sich überwanden, keine Fragen zu stellen. In seinem Smoking sah mein Vater »anziehend« aus und »charmant«. Am Revers glänzten die roten Hosenträger, die meine Mutter ihm auf den Champs-Élysées gekauft hatte. Da Doktor Steinberg neben ihm stand, kam seine Körpergröße zur Geltung; Doktor Steinberg trug einen grauen Anzug mit Weste und Schlips. Es wirkte, als wäre mein Vater der wahre Abteilungsleiter gewesen.

Am Abend öffnete ich die Fenster, saugte Kekskrümel vom Teppich, setzte Teewasser auf und überflog die zerknitterte Liste mit Namen und Telefonnummern, als es klingelte. Ich dachte, eine von ihnen hätte etwas vergessen. Durch den Spion war nichts zu erkennen. Ich klinkte die Sicherungskette ein und öffnete die Tür.

»Ich komme wegen der Anzeige.«

Sie war jung, zwanzig vielleicht, eine Ausländerin; ein leiser Akzent lag in ihren Sätzen, wie bei Madame Sauvage, meiner Französischlehrerin.

»Ich weiß, ich bin ein bißchen spät.«

Sie trat einen Schritt nach vorn und berührte die Sicherungskette mit ihrem Zeigefinger. Ich sah diesen hellen Punkt im Braun ihres rechten Auges und drei feine Löcher in ihrer Ohrmuschel, in denen Ringe gesteckt haben mußten.

»Mein Name ist Ada«, sagte sie.

Der Teekessel pfiff, erst leise, dann schrill. Ich hatte Lust, die Kette zu lösen und sie einfach hereinzulassen. Plötzlich dachte ich an meinen Vater. Auf der Liste hatte ich schon den Namen der Frau mit dem Hund markiert.

»Tut mir leid«, sagte ich. »Die Stelle ist vergeben.«

»Schade.« Sie zuckte die Schultern.

»Viel Glück noch«, sagte ich.

Vom Klavierzimmer aus konnte man die Straße sehen, das Tor und den gepflasterten Weg durch unseren Vorgarten. Sie trug Sandalen, einen halblangen Rock und ein schwarzes T-Shirt. Das Pfeifen des Teekessels hallte durchs Haus; ich wollte in die Küche gehen und ihn vom Herd nehmen, aber irgend etwas hinderte mich daran. Sie drehte sich um, zog das Tor zu, steckte ihre Hand durch das Gitter und schob von innen den Riegel vor.

Plötzlich sah sie hoch. Das Fenster stand noch offen; ich rührte mich nicht, hielt den Atem an, wünschte mir, unsichtbar zu sein, aber sie hob ihren Arm, winkte und rief mir etwas zu, ein oder zwei Worte. Dann ging sie die Straße runter, Richtung Bushaltestelle.

Die Uhr in der Küche zeigte halb sieben. Ich hängte vier Beutel Kamillentee in die Thermoskanne, goß das dampfende Wasser darüber und schraubte den Deckel drauf. Ada, dachte ich: vielleicht die Kurzform eines Namens, der weniger gut zu ihr paßte.

Dann dachte ich an die Frau mit dem Hund, an ihre Art, im Sessel zu sitzen, leicht nach vorn gebeugt, an die rissige Haut ihrer Hände, die der Hund geleckt hatte, aus denen er gierig die Schokoladenkekse gefressen hatte.

Ich ließ die Teekanne stehen, schlüpfte in meine Turnschuhe und lief aus dem Haus, ihr nach. Sie war ein Stück voraus. Ich lief schneller, kam näher, ging für Sekunden hinter ihr. Ein schwarzblauer Fleck in ihrem Nacken; sie mußte sich verletzt haben, oder es war ein Fleck der Sorte, die manche Mädchen aus meiner Klasse nach Partys trugen wie Schmuckstücke.

»Ada.«

Sie blieb stehen. Ihr Lächeln, der helle Punkt im Auge, ihr schwarzes Haar, hochgehalten von einer roten Spange. Mit den anderen Frauen zu reden, ihnen Angebote zu machen, Stundenlöhne auszuhandeln war mir leicht gefallen – nun kam ich mir vor wie ein Kind.

»Es hat sich was ergeben.«

»So.«

Obwohl sie flache Sandalen trug, war sie ein bißchen größer als ich, vier oder fünf Zentimeter vielleicht.

»Die Stelle, ich meine, sie ist wieder frei.«

»Das ging schnell«, sagte sie.

Mit Kamillentee ging es ihr wie mir mit Pampelmusensaft: Früher hatte sie ihn beinahe jeden Tag trinken müssen, ohne Zucker, wegen der Zähne.

»Wir haben sonst nichts«, sagte ich.

Ich hatte Tee oder Wasser getrunken und Reste aus der Truhe gegessen, Baguette zum Aufbacken, Coq au vin oder eines der Filets, die mein Vater für seinen Geburtstag beim Heidebauern gekauft hatte.

»Vielleicht ist noch Bier da.«

»Bier«, sagte sie. »Wenn du auch eins trinkst.«

Ich holte aus dem Geräteraum vier Flaschen König Pilsener. Der Spiegel mit den Barockvoluten am Treppenabgang hing schief; mein Vater mußte ihn bei seinem Sturz gestreift haben. Ich sah hinein, fuhr mir durchs Haar und glättete mit etwas Spucke meine Augenbrauen.

»Möchten Sie ein Glas?«

Sie saß in dem hölzernen Schaukelstuhl, schlug die Beine übereinander und zog ihren Rock über die Knie.

»Nein. Sag einfach du.«

Ich holte den Flaschenöffner, öffnete zwei Flaschen und stellte sie auf den Tisch, neben die Photographie.

»Ist der im Smoking dein Vater?«

Sie nahm das Bild in die Hand und betrachtete es eine Weile. Ich setzte mich in den Ohrensessel. Im Licht der untergehenden Sonne schimmerte auf ihren Wangen ein zarter Flaum, wie bei Babys. An ihren Armen hatte sie einige dieser Muttermale. Auf meinem Rücken waren auch welche, dreizehn genau, für die ich mich schämte; ich zählte sie hin und wieder vor dem Spiegel im Badezimmer. Bei Ada sahen sie ganz normal aus. Ich fand sogar, daß sie ihr standen.

»Ihr seht euch ähnlich.« Sie lächelte.

Ich saugte mit den Lippen etwas Schaum vom Hals der Flasche und trank dann einen Schluck Bier.

»Ihr habt sogar die gleiche Frisur.«

»Ich weiß nicht«, sagte ich. Das hatte noch niemand behauptet. Andererseits wirkte mein Vater auf diesem Photo wie ein Mann, in den man sich verlieben konnte, als Frau.

»Das war bei der letzten Weihnachtsfeier. Der andere ist sein Chef.«

Sie nickte und lehnte das Photo gegen den Rilke-Band, so daß wir beide es sehen konnten.

»Das heißt, er war sein Chef.«

Das Bier schmeckte bitter, aber ich wußte, daß sich das änderte, je mehr man davon trank.

»Hat er die Firma gewechselt?«

»Sie haben ihn vor drei Wochen entlassen.«

Ada sah zu Boden. Wir schwiegen, ich konnte sie atmen hören. Draußen begann es zu dämmern. Auf der Terrasse stritten zwei Spatzen um ein trockenes Brötchen, das ich beim Staubsaugen unter dem Sofa gefunden und rausgeworfen hatte, Futter, das ihnen vielleicht für eine ganze

Woche reichte. Aus dem Augenwinkel sah ich, wie Adas Brust sich hob und senkte.

Ich stellte meine Flasche hin. Dann erzählte ich ihr alles, die Sache mit Japan und weshalb er in die Klinik gekommen war. Ich wußte nicht, warum ich das tat, schließlich war sie nur wegen der Anzeige da.

»Was ist mit deiner Mutter?«

»Verreist«, sagte ich. »Sie hat's nicht mehr ausgehalten.«

»Kann ich eine rauchen?«

»Klar. Mein Vater raucht auch manchmal.«

Sie zog aus ihrer Rocktasche ein silbernes Etui hervor, klappte es auf und hielt es mir hin. Ich nahm eine Zigarette heraus, eine dünne Selbstgedrehte, und steckte sie mir in den Mund. Sie steckte sich auch eine in den Mund, zündete ein Streichholz an und gab mir Feuer, wobei sie mich ansah. Es war nicht dieser Blick, mit dem Erwachsene Kinder ansahen. Es war der Blick, mit dem ein Erwachsener einen Erwachsenen ansah; zumindest glaubte ich das.

»Kommst du aus Frankreich?«

»Aus Lublin.«

»Tschechische Republik«, sagte ich und lehnte mich zurück, wie ich es im Unterricht tat, wenn die Chancen fünfzigfünfzig standen und meine Antwort möglichst überzeugend wirken sollte.

»Polen.« Sie hielt ihr Bier hoch.

»Polen«, sagte ich.

Wir stießen an. Sie trank, dann streifte sie ihre Sandalen ab, streckte die Beine, löste die Haarklammer, legte sie in ihren Schoß und strich sich eine Strähne hinters Ohr. Meine Flasche war beinahe leer. Ich stellte sie zurück auf den Tisch, wo schon ein feuchter Abdruck war. Ich hatte vergessen, die Untersetzer aus der Kommode zu holen.

»Was ist«, sagte sie. »Du mußt noch ein paar Fragen stellen. Um zu sehen, ob ich für euch die Richtige bin, sozusagen.«

»Magst du Musik.«

»Ich liebe Musik.«

»Mein Vater auch. Kannst du Muscheln kochen?«

»Wir Polen sind bekannt für unsere Muschelkochkünste.« Sie lachte. Ich lachte auch, obwohl ich mir ziemlich dumm vorkam, weil ich über Polen nichts wußte außer ein paar Dingen, die ich in der Schule gelernt hatte.

Sie ging zum Fenster und schnippte die Asche ihrer Zigarette hinaus. Dann setzte sie sich aufs Sims, verschränkte die Arme hinter dem Kopf und blies ein Gebilde aus Rauch ins Zimmer.

»Eure alten Möbel. Die gefallen mir nicht.«

»Mir auch nicht«, sagte ich.

Ich hätte gern das Radio aus der Küche geholt und ein bißchen getanzt.

Draußen war es dunkel geworden. Ich schaltete die Stehlampe ein, von der mein Vater behauptete, daß ihr Licht dem Wohnzimmer »Wärme und Grandezza« verlieh. Manche Ansichten der Erwachsenen kamen mir seltsam vor, aber ich ahnte, daß zum Erwachsensein eine

Art Treppe führte und daß man, solange man sich auf einer der unteren Stufen befand, bestimmte Ansichten und Gefühle nicht verstehen konnte, während die Erwachsenen wahrscheinlich alles verstanden, aber schon viel erlebt hatten und deshalb ein bißchen gelassener waren. Mein Vater würde nicken und etwas sagen wie: »Freut mich. Fangen Sie mit den Gardinen an.« Für mich war Ada wie ein Geschenk, das einen auf die Frage brachte, warum man es sich nicht schon seit langer Zeit gewünscht hatte.

8 Am nächsten Tag trug sie Schmuck – drei Silberringe in der linken Ohrmuschel, rechts zwei Stecker mit grünen Steinen und um den Hals eine Kette mit einem Herz, einem Kreuz und dem gelben Eckzahn eines großen Raubtiers. Ich trug gestreifte Socken, den besten Pullover meines Vaters (einen blauen »Paul & Shark« von May und Edlich am Jungfernstieg), seine Lackschuhe, die seit dem Gastspiel des Bolschoi-Balletts einige Wochen vor dem Tod meiner Mutter unter seinem Bett verstaubten, und die ein wenig zu kurze Hose meines Konfirmandenanzugs.

Ich hatte mit Adelheid gerechnet oder etwas noch Peinlicherem, aber sie hieß einfach Ada. So stand es in ihrem Ausweis, den sie mir unbedingt zeigen wollte – »Zu deiner Sicherheit«, wie sie sagte –, und ich sah hin, obwohl ich ihr vom ersten Moment an vertraute. Ada Malic, geboren in Lublin am 28.04.1972. Dreiundzwanzig, dachte ich, ein Alter, in dem man alles Verrückte wahrscheinlich schon einmal getan hatte.

Sie ging mit mir durchs Haus, sah sich um und stellte Fragen. Ich dachte an dieses neu gebaute Viertel an der A 25. Von meinem Vater wußte ich, daß dort Polen und Russen und Flüchtlinge aus den zerstörten Städten Jugoslawiens lebten. Wenn wir Richtung Hafen fuhren, sah ich die glänzenden Dächer der Häuser, Kinder, die Fußball spielten, und Frauen mit Einkaufstüten. »Emigranten«, sagte mein Vater, ein Wort, das häßlich klang, obwohl beim Vorbeifahren alles ganz normal aussah.

Ich traute mich nicht, Ada zu fragen, ob sie auch in dem Viertel wohnte. Sie sah in den Schrank unter der Spüle, nahm die grauen Lappen heraus und warf sie in den Mülleimer. Schon am Vorabend hatte ich die Blässe ihrer Haut bemerkt, das Schimmern der feinen Adern auf ihrem Handrücken, türkis wie die Küste Griechenlands in unserer Fernsehzeitschrift.

»Soll ich frische Feudel besorgen? Irgendwas gegen den Kalk? Welche Teller spült ihr von Hand?«

Einmal die Woche saugte ich Staub, putzte die Küche und das Bad. Bei diesen Dingen brauchte ich im Grunde keine Hilfe.

»Heute ist nichts zu tun«, sagte ich. »Wir könnten Fernsehen gucken oder ein bißchen spazierengehen.«

Jogger hatten im Sachsenwald ein weißes Wildschwein gesichtet; das hatte ich am Morgen im Lokalteil der Zeitung gelesen. Ich wollte mit ihr auf den Hochsitz bei den Karpfenteichen steigen, Brote essen und Ausschau halten.

Sie runzelte die Stirn.

»Wie wär's denn mit den Fenstern?«

Am Nachmittag, wenn die Sonne ins Wohnzimmer strahlte, erschienen die Spuren des Regens der letzten Jahre auf den Scheiben, und an der Stelle, wo im März dieser junge Fasan aufgeprallt war, schimmerten Reste eines Flecks.

»Das mache ich schon«, sagte ich.

»Hör mal«, sagte sie. »Wenn dein Vater nach Hause kommt, über den speckigen Boden geht, durch das schmierige Fenster guckt und eine Prise Staub inhaliert, wird er sich fragen, warum du so dumm warst, gerade mir diesen Job zu geben. Und was soll deine Mutter denken!«

Fast berührte meine Nase ihren hellbraunen Gürtel, als ich hinter ihr stand, um sie auffangen zu können. Sie streckte sich auf der höchsten Stufe der rostigen Trittleiter und polierte die Scheibe mit einem alten Ledertuch. Oberhalb ihres Gürtels kamen ein Streifen Haut und dieser spitze Knochen zum Vorschein – »Darmbeinstachel«, ich kannte den Namen aus dem Biologieunterricht. Das schaumige Wasser im Eimer färbte sich dunkelgrau. Sie zupfte ein Spinnennetz von der Tapete, tauchte die Finger ins Wasser und wischte sie an ihrer Bluse ab.

»Ich hol dir ein Handtuch«, sagte ich.

Eine Stunde später schloß Ada das letzte Fenster, stieg von der Leiter und trank ein Glas Wasser. Die Scheiben schienen verschwunden zu sein; man sah keine Schlieren mehr, keine Spritzer, nur noch die Spatzen auf der Terrasse, den Fluß, die Sonne und den Himmel.

»Willst du was essen?« fragte sie.

»Ich kann was kochen«, sagte ich. In der Gefriertruhe lagen noch zwei Beutel Krabben und ein Coq au vin.

»Du darfst den Tisch decken«, sagte sie.

Sie hatte Hackfleisch mitgebracht. Ich holte Kartoffeln aus dem Keller, stellte zwei Teller auf den Tisch, legte

Messer und Gabeln dazu, zündete eine Kerze an, blies sie wieder aus und stellte sie auf das Fenstersims.

Kartoffelsalat mit Frikadellen war mein Lieblingsgericht, obwohl ich es selten aß. Mein Vater hatte in den Jahren vor seiner Entlassung begonnen, Zeitschriften für Gourmets zu lesen und in Kählers Feinkostladen französische Tiefkühlprodukte zu kaufen.

»Brot?«

»Gern.«

»Was machst du eigentlich sonst, ich meine, außer der Arbeit?«

Sie fuhr sich mit der Kuppe ihres Daumens über die Lippen. Ich hatte die Servietten vergessen.

»Ich studiere Philologie.« Sie legte ihr Messer neben den Teller. »Und ein bißchen Wirtschaft. Genauer gesagt, ich habe studiert. Jetzt mache ich Übersetzungen.«

Sie sah an mir vorbei zur Wand, wo die Vierländer Kacheln in ihren Messingrahmen hingen.

»Wenn ich nicht gerade putze.«

Für einen Moment glaubte ich, sie sei verärgert oder genervt, und ich hatte Angst, es könne wegen des Jobs sein. »Putzfrau« war dafür kein schönes Wort, aber auch kein falsches.

»Ich übersetze Bedienungshandbücher für Videorecorder und Fernseher, die Philips nach Warschau exportiert. Und ich übersetze Gedichte.«

»Gedichte«, sagte ich. »Fröhliche oder traurige?«

»Eher traurig. Aber auf eine kluge Art, verstehst du? Jemand aus Lublin hat sie geschrieben. Ein kleiner Verlag im Schanzenviertel wird sie vielleicht drucken. Ich schreibe die Rohfassungen und gebe sie einer Freundin, die alles poliert und schleift und mein furchtbares Deutsch verbessert.«

»Dein Deutsch ist gut«, sagte ich.

Sie lachte, schob eine Gabel Kartoffelsalat in den Mund und kaute. Dann schwieg sie.

Sie schwieg noch, während sie abwusch. Ich durfte ihr nicht dabei helfen, nicht mal beim Einsortieren der Teller, und ich ärgerte mich darüber, daß ich Fragen gestellt hatte, die ihr den Nachmittag verdarben.

»Ich muß los«, sagte sie schließlich.

»Wenn du willst, kannst du zum Arbeiten hierbleiben«, sagte ich.

Sie nahm ihre Tasche von der Garderobe.

»Ich störe nicht«, sagte ich. »Bestimmt.«

Auf der Türschwelle blieb sie stehen. Sie drehte sich um und sah mich an.

»Woher hast du das?« sagte sie. »Diese Freundlichkeit.«

Ich dachte, sie würde sagen: bestimmt von deinem Vater, aber sie beugte sich vor und gab mir einen Kuß auf die Wange, den ich noch spürte, als das Geräusch des Busses in der Ferne verebbte.

Ich ging ins Bad und schloß ab – die Badezimmertür schloß ich immer ab, selbst wenn mein Vater fort war. Ich steckte den Stöpsel in die Wanne, drehte die Wasserhähne auf und begann, mich auszuziehen.

Das Badewasser war heiß. Ich setzte mich und wartete

mit angehaltenem Atem. Mein Vater hatte einmal die Geschichte seines Onkels erzählt, eines jungen Offiziers auf der Cap San Diego, der in Bunos Aires bei einem heißen Vollbad gestorben war. Ich schrubbte mir mit der Bürste den Rücken, rieb mit einem Waschlappen, bis die oberste Schicht meiner Haut in Krümeln auf dem Wasser schwamm, und zählte noch einmal alle Frauen, die ich nackt gesehen hatte.

Meine Mutter natürlich, beinahe jeden Tag.

Meine Großmutter in ihrer Dusche, vor der sie später ausgerutscht war. Ich hatte das Plätschern des Wassers gehört, durchs Schlüsselloch geguckt und gesehen, wie sie ihr graues Geschlecht wusch; die Haare waren lang und tropften und hingen herunter wie gezwirbelt.

Dann, beim Sport, Theresa. Ich hatte die Tüte mit meinen Turnschuhen in der Halle vergessen. Herr Grundhoff hatte den Umkleideraum für Jungen schon abgeschlossen, ich war durch die Mädchenkabine gegangen. Sie hatte sich umgedreht und geschrien. Ich war einfach stehengeblieben, obwohl ich das nicht wollte, und hatte sie angesehen. Noch Tage später starrte ich ihr im Unterricht auf den Nacken. Sie saß drei Reihen vor mir, das häßlichste Mädchen unserer Klasse; alle Jungen sagten das. Ich zeichnete sie, steckte die Zeichnungen unter die Borke der Eiche, küßte die Sitzfläche des Stuhls, auf dem sie im Musikraum saß – damals spielte sie Bratsche im Landesschülerorchester –, und roch im Winter an ihrer Jacke, die zum Trocknen vorm Lehrerzimmer über der Heizung hing.

Drei nackte Frauen, das war nicht viel.

Ich stieg aus der Wanne, sah in den Spiegel und versuchte mir vorzustellen, wie ich einmal aussehen würde, mit fünfundzwanzig oder dreißig. Ich schämte mich für die breiten Hüften und für meine schmale Brust. Ich hatte kaum Haare am Körper, aber ich war mir sicher, daß sie bald kommen würden. Mein Vater hatte beinahe zu viele, sogar sein Rücken war voller Haare; von hinten sah er aus wie ein Tier. Bei einem Urlaub in der Bretagne hatte ich einmal geweint, als wir am Strand neben einer Familie mit Töchtern in meinem Alter lagen und er sein Hemd nicht anziehen wollte.

Ich nahm seinen alten Elektrorasierer, ein speckiges schwarzes Stück Plastik mit stumpfen Klingen und Zahnpastaspuren. Ich rasierte meine Wangen, das Kinn und die Stelle über den Lippen, dann öffnete ich das Gehäuse und pustete über das Scherblatt, aber kein einziges Barthaar rieselte herab. Wenn mein Vater morgens im Bad war, sich rasierte und wusch, reinigte er den Apparat im Anschluß mit einer kleinen Bürste. Im Waschbecken blieb dann ein dünner Film aus Seife, Speichel und Stoppeln zurück, der schon am frühen Vormittag so hart und trocken war, daß ich ihn nur mit Scheuermittel wieder entfernen konnte.

Ich verteilte eine Portion seines After-Shaves in meinem Gesicht, gurgelte mit seinem Mundwasser, nahm sein Deodorant von Boss, schraubte den Deckel ab, sprühte ein wenig auf die Spitze meines Penis, setzte mich auf die Klobrille und begann, mir die Nägel zu schneiden. Ich schnitt sie eckig, wie ich es von meiner Mutter gelernt hatte, damit sie nicht ins Fleisch wuchsen.

Dann zog ich meinen Pyjama an und sah mich noch einmal um. Frauen, die meinen Vater besuchten, hinterließen Schamhaare, Haarspangen oder wenigstens Spuren in der Toilette. Ada hatte nichts hinterlassen, sie hatte nicht mal die Seife benutzt, die ich am Morgen zwischen den Kamm und das Lou Lou gelegt hatte.

9 Am Einunddreißigsten sollte er kommen. Beim Frühstück warf ich das Milchglas um und verbrannte mir die Finger an einer Scheibe Toast. Gegen zwei hörte ich das Taxi auf der Straße. Ada war im Garten, sie hängte Socken, seine Hemden und sein Bettzeug über die Leine. Ich rückte den Ohrensessel zurecht und stellte die Margeriten, die wir zusammen gepflückt hatten, auf den Wohnzimmertisch.

In seinem blauen Trainingsanzug kam er mir jünger vor. Er hatte den Schnurrbart abrasiert und sich dabei geschnitten, oberhalb seiner Lippe war noch frischer Schorf. Er roch nach Aprikosen wie dieser Spray, den Mlatko Josic morgens in den Krankenzimmern und auf dem Gang versprüht hatte.

»Bin ich erledigt«, sagte er. »Hast du einen Zehnmarkschein?«

Der Taxifahrer stellte die lederne Tasche in den Flur. Ich holte einen Schein aus dem Sparschwein in meinem Zimmer.

»Stimmt so«, sagte mein Vater und nahm mir das Geld aus der Hand. Der Taxifahrer nickte.

»Wie wär's mit Kaffee«, sagte ich. »Habe gerade welchen aufgesetzt. Es gibt Zwetschgenkuchen mit Sahne und Zimt, wie du ihn magst.«

»Guten Tag«, sagte er.

»Entschuldigung«, sagte ich. »Guten Tag.«

Er schnippte einen weißen Fussel vom Ärmel der Trainingsjacke, setzte sich auf den Hocker und lehnte die Krücken gegen die Wand. Aus seinem Bein ragten die metallenen Stäbe hervor. Sie stützten seine Knochen, wie Pfeiler eine Brücke stützen. »Brücken ohne Pfeiler krachen einfach zusammen« – das hatte Mlatko Josic gesagt.

»Soll ich die Tasche nach oben bringen?«

Er schüttelte den Kopf.

»Wem gehören diese Schuhe.«

Diese Sandalen, dachte ich, »Schuhe« war nicht das richtige Wort.

»Sie gehören Ada. Ada läuft meistens barfuß.«

Er sah sich um, als wäre er bei Fremden zu Besuch. Sein Geruch erfüllte den Flur, trotz geöffneter Haustür – künstliche Aprikosen.

»Ada«, sagte ich, »ist unsere neue Haushälterin.«

Als wir am Fenster standen, saß sie im Schneidersitz auf dem Gras, den Blick aufs Wasser gerichtet, und rauchte.

Er humpelte zum Ohrensessel. Ich hatte Angst, er würde mit den Metallstäben irgendwo hängenbleiben. Er ließ sich ins Polster fallen und streckte seine Arme aus.

»Hör mal«, sagte er. »Du kannst nicht einfach ein fremdes Mädchen bei uns arbeiten lassen.«

Ich spürte die Schläge, mit denen das Herz mein Blut durch den Körper pumpte, spürte sie in den Fingerspitzen, im Bauch und im Inneren meines Schädels.

»Heute abend kocht sie für uns Steinbeißer in Weißweinsoße. Ada kocht ziemlich gut«, sagte ich.

Er hob das verbundene Bein auf den Tisch.

»Wie bist du auf diesen Unsinn gekommen? Sag ihr, daß sie gehen soll, und gib ihr zweihundert Mark.«

Ich dachte, ich hätte ein Recht darauf, daß er sich Mühe gab. Erwachsene schienen zu verlangen, daß man ständig mit ihnen spielte, nach Regeln, die sie erfunden hatten und brachen, wenn es ihnen paßte. Plötzlich stand Ada in der Tür, ohne die Ohrringe und ihre Kette, in einem schlichten braunen Rock und einer weißen Bluse.

»Ich habe was gefunden«, sagte sie.

Mein Vater nahm das Bein vom Tisch. Sie ging zum Sessel und hielt ihm eine Muschel hin, kaum größer als ihr Handteller. Auf die Innenseite der Schale war dieser kleine französische Hügel mit der Abtei gezeichnet.

»Sie lag hinter der Waschmaschine.«

Mein Vater nahm die Muschel und kratzte sich unter der Nase wie zu Zeiten, als dort noch sein Schnurrbart gestanden hatte.

»Mont Saint Michel«, sagte Ada.

Drei Jahre hatte die Muschel unter meinem Bett gelegen. Meine Mutter hatte sie meinem Vater bei der Hochzeitsreise geschenkt. Am Morgen, als Ada aus seinem Zimmer die schmutzige Wäsche geholt hatte, war ich in den Keller geschlichen und hinter die Waschmaschine gekrochen. Ich hatte den Stecker gezogen und die Muschel daneben gelegt.

Meine Mutter hatte mir die Geschichte immer wieder erzählt: Auf ihrer Fahrt entlang der nordfranzösischen Küste brach die Vorderachse ihres geliehenen 2 CV.

Sie ließen den Wagen von einem Bauern in die Werkstatt schleppen, nahmen ein Taxi nach Port-en-Bessin, zählten ihr Geld und quartierten sich im Château La Chenevière ein. Während der folgenden Nacht saßen sie auf der Terrasse, tranken Corton-Charlemagne und sprachen die Sprache der Liebenden, die, das hatte ich selbst erlebt, wenn die beiden sich unterhielten, der Sprache kleiner Kinder ähnelt. Plötzlich – meine Mutter meinte, es sei nach der zweiten Flasche gewesen – glaubten sie, am Horizont den Glockenturm des Mont Saint Michel aus den Fluten des Golfes von Saint Malo ragen zu sehen.

»Da ist er!« rief mein Vater. »Siehst du das weiße Licht?«

Meiner Mutter kamen die Tränen. Im Internat hatte sie Skizzen von Kirchen und Klöstern gesammelt und geschworen, sich von dem Mann, den sie einmal lieben würde, all diese Orte zeigen zu lassen. Sie suchte in ihrer Handtasche nach einer Muschel aus der Brasserie, in der sie gegessen hatten, und zeichnete die Abtei mit ihrem Kohlestift in die Schale. Am Morgen stellten die beiden fest, daß ihr Glockenturm ein Funkmast des Militärstützpunktes jenseits der Bucht war. Die folgenden Tage sollten die schönsten ihres Lebens werden, obwohl sie in ihren Erzählungen nur aßen, tranken und nachmittags vom Château zum Strand liefen, um am Meer zu sitzen, woraus ich folgerte, daß sie vieles für sich behielten.

Nach ihrer Rückkehr hatte meine Mutter ein Dutzend Farbfilme zu einem Photographen am Ballindamm gebracht, dessen Labor in derselben Nacht vollständig ausbrannte, weil im Pfeifengeschäft nebenan die Gasheizung explodiert war. Als letztes Erinnerungsstück der Reise blieb meinem Vater die Muschel; ein anderes, einen Seidenschal, hatte meine Mutter während der Wochen in der Klinik und schließlich zu ihrem Begräbnis getragen.

Mein Vater hatte eine Stütze aus Pappe gebastelt und die Muschel auf seinen Schreibtisch bei der HEW gestellt. Dann war diese Sache mit Doktor Steinbergs Sekretärin passiert: Sie kam wegen einer Aktenmappe in unser Haus und blieb über Nacht, eine Frau mit falschen Nägeln und nachgezogenen Augenbrauen, die mich anwies, saubere Handtücher neben die Dusche zu legen.

Am nächsten Tag rief mein Vater an und bat mich, ihm das gelbe Sakko für ein »spontanes Dinner« ins Büro zu bringen. Als er mir vom Automaten einen Kakao holte, nahm ich die Muschel von seinem Schreibtisch und steckte sie in meine Tasche. Er suchte überall, verdächtigte den Fensterputzer, die neue Praktikantin aus der Buchhaltungsabteilung und schließlich die Sekretärin. Er murmelte »Krähe« und »Miststück« und beschloß, sich nicht mehr mit dieser, ja, nie mehr mit irgendeiner Frau zu treffen – ein Vorsatz, den er nach wenigen Tagen brach, was mich gezwungen hatte, die Muschel weiter versteckt zu halten.

Ich drückte mich an die Wand. Mein Vater drehte die Muschel in der Hand und fuhr mit dem Daumen an ihren scharfen Kanten entlang, rund herum, als wollte er sie mit einem schützenden Zauber belegen. Dann sah er hoch.

»Ich bin Ada.«

»Das weiß ich«, sagte er. »Wir haben gerade von Ihnen gesprochen.«

10   Ich sah seinen Blick, wenn sie das Porzellan aus der Vitrine nahm, Unkraut zwischen den Schwertlilien am Fluß jätete oder ihm aus der Küche eine volle Tasse Tee brachte. Manchmal rief er »Vorsicht!«, obwohl sie bloß Pollen vom Fenstersims wischte. Als ihr beim Kochen einer der Töpfe aus den Händen glitt, murmelte er: »Wenn das jetzt die gute Vase gewesen wäre!« Manchmal pickte er Fusseln vom Teppich und ließ sie, während ich zusah, mit beleidigter Miene in den Mülleimer unter der Spüle segeln. Wenn die Suppe dastand, sah er Nachrichten oder die Sportschau. Später brummte er »kalt«, noch bevor er probiert hatte.

Ich blieb in ihrer Nähe. Abends, nachdem sie gegangen war, schloß ich die Tür meines Zimmers ab, zeichnete oder las und rührte mich nicht, wenn er rief. Sie schien das alles nicht zu bemerken, warf mir heimlich Kußhände zu, sang Kinderlieder, trug offenes Haar und kochte die besten Moules à la belge, die ich je gegessen hatte. Sie mixte bunte Getränke – Singapore Sling und Daiquiri –, setzte sich eine Clownsnase vom letzten Lubliner Fasching auf und stieß mit mir in der Küche an, während mein Vater Fußbäder nahm, sich stöhnend über sein Bein beugte und die metallenen Stäbe mit Ethanol polierte.

Ich erzählte Ada, daß er morgens um sechs Uhr aufstand und Briefe an meine Mutter schrieb, die er in Österreich vermutete, bei einer Tante, die Birnbäume züchtete und kein Telefon besaß. Ich rechnete damit, daß mein Vater ein falsches Wort sagen würde, daß Ada meine Lügen erkannte und in mir einen Jungen sähe, der vielleicht noch weitere Geheimnisse in sich trug.

Mein Vater sagte gar nichts. Er saß einfach da, und Ada fand Gründe, die Sache mit meiner Mutter zu glauben: Sie sah ihre vergilbten Skizzen an der Tür des Kühlschranks kleben, zog ihre alten Skihandschuhe zur Gartenarbeit an, und als sie auf Knien den Fuß des Garderobenständers entstaubte, streifte ihre Wange das Fell eines nie getragenen Wintermantels, den mein Vater sechsundachtzig aus Helsinki mitgebracht hatte, meiner Mutter zum Geburtstag, zwei Nummern zu groß.

Am Abend des vierten Tages schlief er im Ohrensessel ein. Sein Mund stand offen, er schnarchte. Im Fernsehen lief »Ein Hauch von Nerz«, einer seiner Lieblingsfilme. Regeln prasselte gegen die Scheiben, aufs Dach und auf die Steine draußen; der erste Regen, seit er aus der Klinik zurückgekehrt war.

Ada tauchte die Arme bis zu den Ellenbogen ins Spülwasser, während ich hinter ihr stand und an einer Flasche Cola nippte. Unter dem T-Shirt zeichneten sich ihre Schultern und der BH ab. Er war orange, ich sah es, als ihr einer der Träger über den Oberarm rutschte. In meiner Klasse gab es Mädchen, die schon einiges hatten von dem, was eine Frau haben mußte – gegen Ada hatten sie nichts. Bei ihr wirkte alles selbstverständlich, das matte Rot des Lippenstifts, der Schatten in ihren Achselhöhlen, wenn sie Glühbirnen wechselte, und wie sie sich gab: Sie kreischte nicht, lief nicht weg, verdrehte nicht die Augen, wenn ein Mann in der Nähe war. Sie wusch einfach ab, und ich konnte hinter ihr stehen und meine Cola trinken.

Schließlich trocknete sie ihre Hände, ging ins Wohnzimmer, betrachtete meinen Vater wie eine Statue im Museum, nahm ein Kissen vom Sofa und schob es unter sein Bein. Dann lief sie durch die Pfützen zum Bus, in meinem gelben Friesennerz mit hochgeschlagenem Kragen. Ich sah in der Küche nach, im Wohnzimmer und im Bad, suchte nach etwas, das sie dort vielleicht vergessen hatte, das ich anfassen, einstecken, woran ich riechen konnte, aber es war, als hatte sie das Haus von sich selbst gereinigt.

Ich schaltete den Fernseher aus. Mein Vater schlief noch immer im Sessel. Ich beugte mich über ihn und dachte, daß er wahrscheinlich sterben würde, wenn ich ungefähr fünfzig wäre, und daß man dagegen nichts tun konnte und daß im Grunde niemand wußte, was bis dahin passieren würde. Und ich dachte, daß alle Dinge zum guten Teil Einbildung waren und daß es für uns vielleicht nur diese eine Gewißheit gab: daß er mein Vater war und ich sein Sohn.

Sie kaufte Fichtennadelextrakt, um seinen Nacken zu massieren.

»Was soll der Unsinn«, sagte er.

»Nur ein einziges Mal!«

»Gut«, sagte er schließlich. »Wenn es Sie glücklich macht.«

Sie legte ein Buch von Andrzej Szczypiorski auf den Wohnzimmertisch, das er erst übersah und dann an einem einzigen Nachmittag las. Er zeigte ihr, wie man die Mullbinden um sein Bein wickeln mußte, und ließ sich von ihr stützen, wenn er im Garten Pfeife rauchen und seine Rosen gießen wollte. Sie half ihm, die windschiefen Stöcke wieder aufzurichten – die Provence-Rosen aus Aix mit ihren gefüllten, nickenden Blüten, die Polyanthas, deren Blätter der Falsche Mehltau zerfressen hatte, die langstieligen Chinesinnen, mit denen er vor meinen Onkels protzte, und eine Gloria dei, die abseits stand, sein heimlicher Liebling. Alle wurden gespritzt und mit Bambusstäben gestützt und in Komposterde gebettet, aus der Regenwürmer hervorquollen.

»Wenn Sie Zeit hätten«, sagte er, »könnten Sie mir dann vielleicht noch einmal den Nacken massieren?«

Später, als wir allein waren, lag mein Vater auf der Couch und rauchte Zigarillos.

»Die ist zu gebrauchen«, sagte er. »Wie sie mit den Rosen umgeht!«

»Hab ich ihr gezeigt«, sagte ich. »Als du in der Klinik warst.«

Er sah mich an und schob die Unterlippe vor. Dann zog er die Zigarilloschachtel aus der Brusttasche seines Hemdes und warf sie auf den Tisch.

»Falls du einen willst.«

Ich öffnete die Schachtel und roch.

»Wie sie kocht«, sagte ich.

»Wie die Frauen in Frankreich.« Er rieb sich den Bauch und grinste.

»Frauen in Frankreich?«

»Köchinnen eben.«

Ich nahm einen Zigarillo aus der Schachtel und steckte ihn an. Wir schwiegen eine Weile, und es war still im Haus bis auf das leise Surren des Kühlschranks in der Küche.

»Was ist das für ein Blick«, sagte er.

»Wo.«

»Warum du so guckst.«

»Ich weiß nicht«, sagte ich.

»Der Sargnagel schmeckt dir wohl.«

»Ziemlich eklig«, sagte ich, obwohl ich mich gefreut hatte, daß er mir einen anbot.

»Dann muß es was anderes sein.«

Mein Vater hielt die hohle Hand an sein Ohr. Ich zupfte an einem Faden, der an der Naht meines Pullis hing.

»Da schmachtet jemand«, sagte er.

»Quatsch!«

Er richtete sich auf und schob den Aschenbecher rüber. Ich dachte zuerst, er würde gleich lachen und eines seiner Bonmots loslassen, aber er sah mich einfach an.

»Sie...«, sagte ich. Ich aschte ab und überlegte. »Sie ist...« Ich blies den warmen Rauch des Zigarillos durch die Nase. »Ich meine, sie ist ganz einfach...«

»Schon gut«, sagte mein Vater. »Verzwickte Sache.« Er

seufzte, und in seinem Seufzen lag, wofür mir die Worte fehlten.

Sie kam mit roten Strähnen vom Friseur zurück. Zwischen ihren Schlüsselbeinen pendelte wieder der Raubtierzahn.

Wenn ich morgens die Zähne putzte, ließ ich die Tür zum Bad offen. Sie kam herein, wusch ihre Hände, sah in den Spiegel und fuhr sich durchs Haar, dann begann sie mit der Arbeit. Manchmal erwartete ich sie länger als eine Stunde, tupfte Zahnpasta auf meine Mitesser, gurgelte mit Odol und summte erfundene Melodien.

Einmal sagte sie »Guten Morgen«, klappte den Klodeckel hoch, hob ihren Rock, zog die Unterhose runter und setzte sich einfach hin. Ich starrte an die Wand, während sie dasaß und erzählte, daß sie mit Freunden in Hagenbecks Tierpark gewesen war.

»Montags ist der Eintritt frei. Wir können doch mal zusammen hingehen.«

Sie riß Papier von der Rolle.

»Deinen Vater nehmen wir mit. Wir leihen uns einen Rollstuhl.«

Für einen Moment sah ich hin.

Später ging ich in mein Zimmer, hielt mir die Ohren zu, schloß die Augen und versuchte, mich an diesen Moment zu erinnern. Ich zeichnete sie, zerriß das Blatt und zeichnete sie noch einmal, aber was da in Bleistiftstrichen vor meinen Augen erschien, wirkte blaß und linkisch neben dem Bild in meinem Kopf.

Plötzlich interessierte mein Vater sich für Vögel. Er wies mich an, vom Dachboden den Armeekoffer seines Onkels zu holen, nahm den Feldstecher heraus und steckte ihn neben das Polster des Sessels. Mittags, wenn Ada am Fluß saß und die Füße ins Wasser hielt, beobachtete er den Buntspecht am Stamm der jungen Birke.

Er trug das dunkelgrüne Hemd aus seiner Studentenzeit – »oak green«, eine Farbe, die schon sein erster VW gehabt hatte – und zwängte seinen linken Fuß in einen Slipper aus Florenz. Beim Fernsehen umklammerte er die Krücken und streckte sie über den Kopf, zehnmal, zwanzigmal, fünfzigmal.

»Ein bißchen Bewegung tut gut«, sagte er. »Das solltest du auch probieren.«

Ich sah ihn an und schwieg. Er machte weiter, immer schneller, bis sein Gesicht violett war und die dicken Adern seitlich am Hals hervortraten.

»Mir geht's prächtig«, sagte er und schnippte mit den Fingernägeln gegen die Metallstäbe. »Sobald ich die Dinger los bin, fahren wir zur Alster und mieten ein Ruderboot, was meinst du?«

Ich wollte zu Ada in den Garten.

»Setz dich da hin«, sagte er.

Ich blieb stehen und sah weg.

»Na los, setz dich hin.«

Ich setzte mich auf den Stuhl.

»Was in letzter Zeit passiert ist« – seine Hand beschrieb einen Bogen, der den Ohrensessel, das Haus oder die ganze Welt umspannte – »ich meine, es wird sich einiges ändern. Ich habe darüber nachgedacht. Es gibt bestimmte Gesetze, an die man sich besser hält; in einer Familie ist das nicht anders als in der Schule, im Büro und am Schaltpult eines Reaktors.«

»Selbstverständlich«, sagte ich.

»Das viele Trinken zum Beispiel.« Er beugte sich vor und schüttelte den Kopf. »Dein Großvater hat eine Menge getrunken. Er war kein glücklicher Mensch.«

Solche Gespräche fielen mir schwer, und dafür schämte ich mich. Manchmal wünschte ich mir eine Schwester, die mit uns am Tisch säße, mit der mein Vater reden konnte, wie er es früher gekonnt hatte, als meine Mutter noch lebte.

Einmal hatten die beiden abends im Garten gesessen, Spieße mit Käse, Oliven und Lammfleisch von einem großen Teller gegessen, er in einem blauen Hemd und einer hellen Hose, sie in dem Kleid mit der breiten Schleife an der Taille. Um Mitternacht war ich ins Bett gegangen, und als ich am Morgen aufwachte, hörte ich ihre Stimmen noch immer von der Terrasse. Sie redeten über ihre Freunde, eine Reise nach Cap d'Antibes und die Pläne meines Vaters, ein Patent anzumelden.

Ich ging in die zweite Klasse; es war der Sommer vor dem Herbst, in dem meine Mutter krank wurde. Ich erinnerte mich an fast alles, was in diesem Jahr passiert war, an das Finale der Fußball-WM im Azteken-Stadion von Mexico-City, an den Sturz meiner Großmutter kurz vor ihrer Geburtstagsfeier und an die Heidschnucke, die mich in die Hand gebissen hatte.

Während mein Vater im Sessel saß und seine Krücke stemmte, wünschte ich mir, ihm diese Dinge irgendwie sagen zu können, aber ich hätte Stunden gebraucht, am Ende wäre von dem Gefühl vermutlich nichts mehr übriggeblieben.

Plötzlich tat ich etwas, das ich eigentlich nicht tun wollte: Ich ging hin und umarmte ihn. Sein Bein war im Weg, es war eine ziemlich unbequeme Umarmung. Er hielt mit der einen Hand die Armlehne des Sessels umklammert und klopfte mir mit der anderen ein paarmal auf die Schulter.

Am Abend schmierte ich mir ein Wurstbrot und aß es auf meinem Bett. Mein Vater sah noch fern, ich rief vom Flur aus »Gute Nacht«, nahm mein Mathematikheft, riß die ersten Seiten heraus und schrieb mit schwarzem Filzstift »5. August 1995«. Ich setzte an, zögerte, überlegte und malte Kringel.

11

Am Montag hatte er einen frühen Termin in der Poliklinik. Er mußte gegen sieben los, und Ada sollte ihn hinfahren. Sonntag mittag rief er sie an und bat sie, bei uns zu übernachten.

»Damit wir pünktlich sind«, sagte er in den Hörer. »Sonst müssen wir stundenlang warten.«

Sie kam, stellte ihren Rucksack neben die Wohnzimmercouch und besprach mit meinem Vater, was noch zu erledigen war. Er hatte einen Zettel geschrieben – »Ada«, zweimal unterstrichen:

Wagen waschen, tanken, Öl!
Kuchen bei Dwenger: Pflaume mit Sahne. Nuß ohne.
Ein Pfund Kaffee plus was Ihnen gefällt.

Ich zog mir im Flur die Schuhe an und versuchte, den beiden zu lauschen. Mein Vater sagte etwas, das ich nicht verstand, worauf Ada lachte und rief: »Sie sind einfach unmöglich!«

Dann holte sie aus der Garage unseren BMW, einen alten Fünfer mit Chromleisten an den Rückleuchten. Ich stieg ein, wir fuhren los und kurbelten die Fenster runter. Ich nahm aus dem Handschuhfach diese riesige Sonnenbrille, mit der mein Vater aussah wie Al Pacino in »Scarface«, setzte sie auf und ließ meinen Arm nach draußen hängen. Ada schob eine Kassette von Urge Overkill in den Recorder. Im Viertel waren die Straßen mit Kopfsteinpflaster befestigt; man durfte nicht schneller als dreißig fahren. Kinder spielten in Vorgärten Fußball, und einige Leute gingen mit ihren Doggen und Dackeln spazieren; im Seitenspiegel sah ich, wie sie plötzlich stehenblieben und sich nach uns umdrehten.

»Wir könnten zum See fahren«, sagte ich.

Adas Haare wehten im Fahrtwind.

»Zeig mir den Weg.« Sie grinste. »Oder möchtest du ans Steuer?«

Ich wußte, daß sie es ernst meinte.

»Bist du schon mal Auto gefahren?«

»Manchmal«, sagte ich.

»Du lügst.« Sie lachte und kniff mich in den Oberschenkel.

Das aufgeklebte Thermometer zeigte 34 Grad. Wir kauften bei der Jet-Tankstelle zwei Flaschen Bier und Zigaretten. Dann fuhren wir über die Bahngleise, vorbei an dem staubigen Platz gegenüber der alten Gießerei, wo jeden Herbst das Zirkuszelt stand. Hinter dem Autobahnzubringer bogen wir ab Richtung Altes Land.

Der Himmel war klar, man konnte den Blick entlang der Hochspannungsstraßen bis zum Horizont wandern lassen. Ich sah die riesigen Windräder, gelbe Felder und Traktoren, die ihre Pflüge in der Ferne durch flimmernde Äcker zogen. Ada steckte sich zwei Zigaretten in den Mund, zündete beide an, hielt mir eine hin und beschleunigte auf hundert.

Der See lag, umgeben von Bäumen, hinter einer Pferdekoppel. Wir stellten den Wagen ab und gingen das letzte Stück zu Fuß. Als die Pferde uns sahen, kamen sie an den Zaun, ein Atlasschimmel und drei Braune. Wir hielten ihnen Scharfgarben, Klee und Zigaretten hin. Die Pferde bliesen durch die Nüstern und fraßen uns aus den Händen. Ich streckte den Arm und blieb auf Abstand; größere Tiere machten mir angst. Aber Ada sprach mit dem Schimmel und küßte ihn direkt aufs Maul.

»Genug«, sagte sie schließlich und gab ihm noch ein paar Blätter. »Die anderen werden sonst eifersüchtig.«

Der Himmel war blaßblau und wolkenlos, der See nahe dem Ufer grün und weiter draußen beinahe schwarz. Auf der anderen Seite standen zwei Chopper, deren Felgen im Sonnenlicht blitzten, aber es waren kaum Leute da. Gewöhnlich kamen sie abends, Familien, die grillten, oder Paare, die einfach zwischen den Bäumen saßen, aufs Wasser blickten und sich umarmten.

Als ich mich umsah, ließ Ada gerade ihren Rock ins Gras fallen.

»Komm«, sagte sie.

Ich wollte mich nicht ausziehen. Ich nahm meinen Geldbeutel aus der Tasche, legte ihn auf einen Stein und sprang in Hemd und Jeans ins Wasser.

»Du schämst dich!« rief sie und kam hinterher.

Ich schwamm, so schnell ich konnte, am Ufer entlang bis zu der Stelle, wo das vordere Ende des alten Stegs aus dem Schilf ragte. Ich kletterte an den Balken hinauf, setzte mich auf die moosigen Planken und sah ihr beim Kraulen zu.

»Feigling!« rief sie und warf eine Handvoll Schlamm nach mir. Dann drehte sie sich auf den Rücken, streckte die Arme über den Kopf und blinzelte in die Sonne. Sie war ganz nah; ich konnte das Wasser in der Mulde des Nabels erkennen und die Stelle zwischen den Beinen, wo sich der Stoff ihrer Unterhose den Formen des Körpers anglich. Über mir hing der Ast eines Ahorns. Ich zog mich hoch, balancierte ein Stück, griff nach einem noch höheren Ast, schwang mich darauf und robbte zur Spitze. Das Wasser unter mir war nicht tief, ich konnte bis auf den Grund sehen, wo Grünalgen zwischen runden Steinen im Schlick wucherten.

»Ada«, rief ich. »Kopfsprung!«

»Spinnst du«, rief sie. »Das Wasser ist flach. Ich kann sogar stehen, schau mal!«

Sie stellte sich hin und winkte ab. Das Wasser reichte ihr bis zu den Achseln.

»Kopfsprung«, rief ich, »jetzt!«

»Laß den Quatsch«, schrie sie. »Komm wieder runter!«

Ich lehnte mich zur Seite und streckte ihr die Zunge raus.

Als nächstes sah ich das Blut an ihrem Bauch und an meinem Ärmel, helles, wäßriges Blut.

»Idiot«, sagte sie.

Sie zog mir das Hemd aus, preßte ein Papiertaschentuch auf die Wunde, rollte ihren Rock zusammen und schob ihn mir unter den Kopf. Dann zog sie mir die Hose aus und hängte sie zusammen mit dem Hemd über einen Findling.

»Alles in Ordnung?«

»Klar«, sagte ich. Meine Schulter schmerzte, als hätte jemand ein Messer direkt ins Fleisch gebohrt.

»Du bist wirklich ein Idiot.«

Sie drehte mir den Rücken zu. Wasser tropfte von ihrem Haar. Die Sonne war nach Westen gewandert, und im Zenit kreiste ein Späher oder ein Falke oder ein Bussard. Ich sah die blutigen Fingerabdrücke an ihrer Unterhose und ihre Posspalte unter dem nassen Stoff, und plötzlich dachte ich, daß jemand alles geplant hatte, den Himmel, den Wald, die Sonne, Ada und daß ich atmete, statt mit gebrochenem Hals im See zu treiben.

»Ich hab ein Geheimnis«, sagte ich.

Sie schwieg. Ich strich mit den Fingern über das Gras und sog seinen Duft ein. Es war gemäht, die frischen Spitzen kitzelten meine Haut.

»Soll ich's dir verraten?«

»Als ich so alt war wie du, hatte ich auch Geheimnisse«, sagte sie. »Schreckliche Sachen. Ich habe geheult und mich dafür geschämt. Wenn ich heute daran denke, kann ich nur noch lachen.«

Ich dachte, daß sie beleidigt war, weil ich mich verletzt hatte. Ich kannte das von früher: Wenn ich auf der Treppe gestürzt oder von der Schaukel gefallen war, hatte mein Vater mir immer vor Schreck den Hintern versohlt.

»Ich bin verliebt«, sagte ich.

Sie schüttelte den Kopf.

»In jemanden aus deiner Schule?«

»In eine Frau«, sagte ich.

»Schade«, sagte sie. »Ich hab gedacht, daß du Jungen magst.« Sie drehte sich um. »Ich glaube, ein Junge würde dir guttun. Du hast ein Gemüt wie ein Mädchen. Du siehst sogar so aus.« Sie zeigte mit dem Finger auf mich, auf meinen Körper, der nackt war bis auf die nassen Shorts. Der Späher zog nun engere Kreise, als wollte er im nächsten Moment senkrecht nach unten schießen. In meinen Augen standen Tränen, obwohl ich versuchte, mir einzureden, daß mich all das nichts anging, eine Frau in Unterwäsche, der pochende Schmerz und dieses Gefühl, das stärker war als der Schmerz, obwohl ich die Fingernägel durch das Taschentuch in die Wunde bohrte.

»Tut mir leid.« Sie kam heran und strich mir über die Wange.

Ich drehte den Kopf weg und spürte die Kühle der Luft um ihren Körper, die Wassertropfen aus ihrem Haar.

»Willst du mich küssen.«

»Nein.«

»Komm«, sagte sie. »Stell dich nicht an.«

Die Waschanlage war schon geschlossen. Wir putzten den Wagen mit Papiertüchern und etwas Scheibenwasser auf dem Hof der Tankstelle. Bei Dwenger ließ die Verkäuferin gerade den Rolladen runter, eine mürrische junge Frau, die, als sie uns sah, auf ihre Armbanduhr wies und den Kopf schüttelte. Ada lächelte sie an und fragte, ob sie die Spitzenschürze von den Dwengers bekommen oder selbst genäht habe. Sie flirtete mit der Verkäuferin, und dann flirtete sie mit Herrn Dwenger, der nach vorne kam, um zu sehen, wessen Stimmen noch so spät in seinem Laden zu hören waren.

Im Wagen legte ich das Kuchenpaket auf meine Knie, lutschte Salmiakpastillen gegen den Zigarettengeruch und dachte, daß wir meinen Vater nicht angerufen hatten.

»So«, sagte er. »Habt ihr euch amüsiert.«

Die drei oberen Knöpfe seines Hemdes standen offen. Er roch nach Rasierwasser.

»Wir waren schwimmen«, sagte ich.

Er zuckte die Schultern und seufzte.

»Bei dreißig Grad ist das vernünftig.«

Er beugte sich im Sessel vor und gab mir einen Knuff, dann wandte er sich an Ada.

»Ich habe uns was gekocht«, sagte er. »Was ganz Besonderes.«

Während des Essens, das von Luigis Lieferservice war – ich sah die Styroporschachteln im Mülleimer unter der Spüle –, sprach er von Gedichten, mit denen er sich befaßte, seit der Band über polnische Lyrik auf meinem Schreibtisch lag. Ada saß aufrecht da und sah ihn an wie eine Schülerin, obwohl ich das Buch gelesen hatte und wußte, daß er Unsinn redete. Ich aß meine gegrillte Languste und dachte an unseren Kuß.

Ada nickte und lachte und ließ sich Saint-Emilion nachschenken; sie hatte den Kuß vergessen oder verbarg, was sie empfand, damit mein Vater keinen Verdacht schöpfte. Er zwinkerte ihr zu, legte den Kopf schief, klopfte am Ende jedes Satzes mit dem Zeigefinger aufs Tischtuch und senkte die Stimme, wie er es tat, wenn er Humphrey Bogart imitierte.

Plötzlich sagte er eine Strophe von Julian Tuwim auf:

Du sinnst gefühlvoll, lange. Deine grauen Augen,
die Wasserleichenaugen hinter Scheibenhüllen,
verfischen sich – und starren prophetisch und saugen
das triste Wasser mit erblindeten Pupillen.

Ich schob meine Panna Cotta weg, stand auf, ging in den Keller, setzte mich auf die kalten Fliesen und wartete im Halbdunkel.

Das Eßzimmer lag direkt über dem Raum, in dem ich saß; der Tisch stand ungefähr da, wo sich die Eichenbalken kreuzten. Mein Vater sprach lange, der dumpfe Klang seiner Stimme drang durch die Decke. Ich hoffte, Ada würde aufstehen und kommen, um nach mir zu sehen. Es war, als könnte mein Vater alles, was passiert war, mit einem einzigen Blick zwischen Hauptgang und Nachtisch wieder zerstören.

Als ich schließlich raufging, lag sie im Wohnzimmer auf der Couch, unter der Steppdecke, die ich am Morgen bezogen hatte. Sie las im Licht der Neonlampe, die sonst vor diesem Aquarell mit den jungen Brunfthirschen stand.

»Komm her«, sagte sie.

Ich blieb neben der Couch stehen. Sie richtete sich auf und schlang die Arme um ihre Knie. Ihr T-Shirt von den Chicago Bulls war bleich und am Kragen ausgefranst. Sie hatte sich abgeschminkt; die Grenzen in ihrem Gesicht schienen aufgehoben.

»Was ist mit deiner Schulter?«

»Geht schon.« Ich hielt ihrem Blick stand. Im Keller hatte ich nachgedacht, mir dieses Gespräch vorgestellt in seinen möglichen Verläufen. Ich spürte, daß ich Ada nicht sagen durfte, was ich fühlte, zumindest nicht so, wie ich es am See hatte tun wollen. Es schien eine Regel zu geben, die den Menschen vorschrieb, anderen ihre Gefühle als Rätsel mitzuteilen. Ich hatte einige Sätze über die Ewigkeit im Kopf, über das Glück und über den Tod, aber nun saß Ada da, und ich brachte nichts heraus.

»Du siehst traurig aus«, sagte sie.

»Meine Languste war schlecht.« Ich haßte es, wenn andere dachten, daß ich traurig sei. »Brauchst du noch was? Ein Kissen?«

»Danke.« Sie lehnte sich zurück. »Dein Vater hat mir schon eins gebracht.«

»Dann gute Nacht«, sagte ich.

12 Ich lag noch im Bett, als ich meinen Vater auf dem Flur hörte. Er stieß sich an irgend etwas und fluchte, und Ada fragte, ob alles in Ordnung sei und wie sie ihm helfen könne. Kurz darauf waren sie draußen und zogen die Tür ins Schloß.

Ich sprang auf, duckte mich hinter dem Fußball auf der Fensterbank und sah, wie sie durch den Vorgarten gingen, mit schlaffen Schultern und ohne zu sprechen, gerade so schnell, wie mein Vater konnte; wahrscheinlich waren sie noch müde. Mein Vater trug seinen beigen Trenchcoat, wenngleich es ein heißer Tag werden sollte, und er sah gut darin aus, wie ein verwundeter Kommissar oder ein Mann, der sich trotz eines Beinbruchs auf Geschäftsreise begab, weil die Firma seine Klugheit nicht entbehren wollte. Ada war seine Assistentin oder seine liebste Tochter, die ihn begleiten durfte.

Sie hielt ihm das Tor auf. Er zögerte, sagte etwas, vielleicht einen Satz, den er schon oft gesagt hatte, dessen Betonung er beherrschte, über den schon andere Frauen an anderen Orten gelacht hatten. Ich mußte an den Vorabend denken, an unser Essen und daran, daß ich eigentlich wütend war. Dabei bedeutete Liebe, jemandes Freude zu teilen – das hatte meine Mutter behauptet.

Ada fuhr rückwärts aus der Garage und wartete, während mein Vater sich auf den Beifahrersitz hievte. Ich lief im Pyjama ins Wohnzimmer, legte mich auf die Couch, zog mir die Decke über den Kopf und drückte mein Gesicht ins Kissen. Es war, als offenbarte der Stoff seine Erinnerung an die Nacht – Adas Creme, ihr Parfum, einige Tropfen ihres Schweißes und dieses säuerliche Aroma, das ich aus dem Bett meines Vaters kannte, das für einige Stunden blieb, nachdem er mit einer Frau in seinem Zimmer gewesen war. Ich rollte mich zusammen und träumte einen Traum, von dem nichts blieb als ein herrlicher, unbestimmter Eindruck.

Als ich aufwachte und mich nach dem Griff des Fensters streckte, sah ich Adas Rucksack. Er stand in der Nische neben der Heizung – ein grüner Soldatenrucksack mit aufgenähten Taschen und durchgescheuerten Lederriemen.

Ich ging in die Küche, goß Milch und einen Schuß Kaffee in ein Glas, setzte mich an den Eßtisch und schlug die »Morgenpost« auf. Ada mußte den Rucksack aus Lublin mitgebracht haben, eines der Familienstücke, die nicht zu einem paßten, die man aber benutzte, weil man sie eben besaß; ich selbst hatte von meinem Vater weiße Feinrippwäsche geerbt, zwei dieser steifen Tweedsakkos und einen Morgenrock, dessen Schultern mir auf Höhe der Ellenbogen hingen.

Ich las einen Bericht über die neue Mannschaft des HSV, verlor die Zeile, blieb hängen an Wörtern, deren Sinn mir entwich. Dann betrachtete ich das Bild, auf dem die Spieler Trikots mit dem Schriftzug des neuen Sponsors trugen. In ihren Gesichtern lag Zuversicht; sogar der

Masseur schien sich zu freuen, daß nun die Saison beginnen würde.

Der Rucksack war schwer. Ich stellte ihn auf den Tisch und sah auf die Uhr. Wahrscheinlich blätterte Ada gerade in einem Magazin, während mein Vater mit nackten Beinen im Verbandsraum lag. Ich löste die Riemen, nahm das fleckige Necessaire heraus, öffnete es, zupfte ein Haar aus den Zacken des gemaserten Kammes und steckte es mir in den Mund. Ich leerte den Beutel aus und küßte jeden einzelnen Gegenstand: die Puderdose, einen Tampon, ein Zopfband aus rotem Gummi, den Lippenstift, eine polnische Münze. Ich blätterte in der Bedienungsanleitung des VR 674 von Philips und in einem schmalen Band mit dem Titel »Sól« von Wislawa Szymborska. Zwischen den Seiten steckte ein Brief, adressiert an jemanden in Lublin: Jurek Kieslowsky, Ulica Narutowicza 20; Adas Adresse stand links oben, Schanzenstraße 7. Ich schrieb beides auf eine Serviette, ging ins Bad und putzte mir die Zähne mit ihrer Zahnbürste.

Mit dem Tranchiermesser, das mein Vater im Römertopf versteckte, hatte ich schon Briefe an meine Mutter geöffnet, die in den Wochen nach ihrem Tod gekommen waren. Den Kuverts war nichts anzumerken, wenn man nicht ins Papier schnitt und sie mit drei, vier winzigen Tropfen Uhu wieder verschloß. Ich kannte Adas Handschrift von diesen Zetteln, die neben dem Telefon oder beim Herd lagen – »Die Polenta <u>aufwärmen</u> und erst dann essen!«, »Bitte um zwanzig nach sieben das Filet in den Sud legen«. Hastig geschriebene Aufforderungen, Buchstaben, deren Bäuche und Haken miteinander verschmolzen, Schlangenlinien, die Wörter sein sollten wie die Unterschrift unseres Hausarztes auf den Rezepten. Dieser Brief war vollkommen anders, scheinbar mit Bleistift vorgeschrieben und nach mehreren Korrekturen durch einen Füllfederhalter veredelt. Ich las ihn leise, dann laut, und für Momente glaubte ich, der Sinn seiner fremden Sätze könnte sich mir erschließen – »Kochany Jurek« stand da und schließlich, in Großbuchstaben:

KOCHAM CIE, ADA

Zwischen den Seiten steckten drei Hundertmarkscheine. Jurek würde verstehen, was in dem Brief stand. Er würde das Geld zur Seite legen, sich vielleicht die Hände waschen, frischen Kaffee kochen, das Papier glattstreichen und lesen, was Ada geschrieben hatte. Er würde an eine Ada denken, die mir unbekannt war, die ihn vielleicht in die Straßencafés der Lubliner Altstadt begleitet hatte. Seine Cousine. Seine Nichte. Eine gute Bekannte.

Ich ließ mir von der Auskunft die Nummer der polnischen Botschaft geben.

»Ambasada polska«, sagte ein Mann am anderen Ende der Leitung.

Ich erklärte ihm, daß ich an einem Schulaufsatz über polnische Lyrik schrieb und Hilfe beim Übersetzen brauchte; ich sei da auf zwei Wörter gestoßen.

Der Mann am anderen Ende der Leitung lachte.

»Ich helfe dir«, sagte er, »kein Problem. Du sprichst schon ein bißchen polnisch?«

»Nicht viel«, sagte ich, »wahrscheinlich mache ich bald einen Sprachkurs in Lublin.«

»Dann wird es Zeit«, sagte er. »Weißt du, ›kocham cie‹, das heißt »Ich liebe dich.«

Ich schluckte den Rotz und die Tränen runter, holte mein Fahrrad aus der Garage, schob es den Pfingstberg rauf und zielte mit Kieseln auf Katzen, die im Schatten der Hecke lagen. Jurek Kieslowsky! Ich trat einen rostigen Mülleimer um und kauerte mich an die Mauer vor diesem Haus mit dem Wintergarten.

Sie hätten mich bemerken können. Sie fuhren vorbei, schneller, als die Verkehrsschilder vorschrieben, eine junge Frau und ein Mann in einem BMW. Ich sah, wie mein Vater redete, wie er gestikulierte. Eigentlich hatte Ada frei; sie würde ihm ins Haus helfen, sich von ihm verabschieden, ihren Rucksack nehmen und mit dem Bus zum Bahnhof fahren. Vielleicht würde sie ihn fragen, wo der nächste Briefkasten war. Ich setzte mich aufs Rad – zehn Minuten, höchstens zwölf, wenn man die Abkürzung über die Brücke bei den Minigolfplätzen nahm.

Wer sich umsah, fand sofort, wonach er suchte – das Blumengeschäft, den Kiosk, die Fahrkartenautomaten. Die Männer mit ihren Hunden und den zerknitterten Bierdosen. Einen Reisenden, der ankam. Oder jemanden wie mich, der einfach dastand, die Hände in den Taschen. Ich zog mich in die Ecke hinter den Schließfächern zurück.

Sie kam erst nach einer Stunde. Es hatte zu regnen begonnen, nasse Spuren zogen sich über den grauen Boden der Halle und die Treppen hinauf zu den Gleisen. Sie drehte sich nach der Uhr bei den Telefonzellen um. Ich folgte ihr – sie trug ein durchnäßtes, trägerloses Top, ihr Rucksack war gesprenkelt mit dunklen Wasserflecken. Ich hätte nach ihr greifen können, nach ihren nackten Schultern, auf denen Regentropfen im Schein der Neonröhren glänzten. Ein Aktenkoffer schlug gegen mein Knie, eine Frau mit Kind schrie hinter mir her, aber Ada drängte weiter, sie bahnte sich den Weg zu Gleis vier und lief an der S-Bahn entlang, bis aus dem Lautsprecher das metallische »Zurückbleiben bitte« kam. Ich zögerte einen Moment, blieb hinter einer Säule stehen, sprang durch die Türen, als sie schon zischten und aufeinander zuglitten.

Sie lehnte ihren Kopf an die Scheibe. Ich duckte mich auf der bekritzelten Bank am anderen Ende des Wagens, hoffte, sie würde spüren, daß ich in der Nähe war, und mir ein Zeichen geben, aber sie blieb abgewandt, dachte vielleicht an Jurek oder an ein polnisches Wort, das im Deutschen abscheulich klang. Ich gab mir drei Minuten, ein oder zwei Stationen, dann würde ich sie ansprechen.

Viele Männer sprachen fremde Frauen auf der Straße, in Bussen oder in Zügen an, solche Geschichten hörte man ständig. Dabei war mir Ada vertraut – ein Mädchen, das für etwas Geld auf allen vieren Fußböden schrubbte, das man zur Zeit des Römischen Reiches als »Sklavin« bezeichnet hätte, Sklavin eines Mannes, dessen Sohn ich war. Ich starrte auf ihren Hinterkopf, bis ich spürte, daß es Zeit war, endlich aufzustehen, aber die S-Bahn hielt in Tiefstack und schließlich am Berliner Tor, und ich saß immer noch da.

Am Hauptbahnhof sprangen zwei Kerle in den Waggon, ein großer mit Cowboystiefeln und ein dumpf blickender kleiner mit Pomade im Haar. Sie standen im Gang, redeten laut und warfen Ada Blicke zu. Plötzlich sagte der kleine »Fotze«. Er sagte es laut und deutlich, und ich vergrub das Gesicht in den Händen und vergaß zu atmen.

An der Sternschanze stieg sie aus. Sie ging den Bahnsteig entlang zur Rolltreppe, fuhr hinab in den Fußgängertunnel, und plötzlich war sie weg. Ich rannte raus auf die Straße und blieb im Platzregen stehen: Menschen, unter bunte Schirme und Markisen gedrängt, Wasser, das von Autoreifen auf den Gehsteig spritzte.

Sie packte mich am Ärmel und zog mich unter das Vordach des Würstchenstandes. An ihren Wangen rannen dunkle Tropfen hinab, Regen, vermischt mit Wimperntusche.

»Warum tust du das«, rief sie.

Ich sah an ihr vorbei.

»Los,« sagte sie. »Komm mit.«

13   Ihre Wohnung war klein, ein Zimmer mit Bett und Bücherregal, einem Schreibtisch, einer Kleiderstange und einer Kochstelle. Neben der Leselampe stand auf dem Schreibtisch ein alter Computer, ein 386er von IBM. Das gleiche Modell hatte mir mein Vater zum elften Geburtstag geschenkt. Die Wände waren kahl bis auf eine silberne Christusfigur, die über dem Kopfteil des Bettes an einem Streifen Tesafilm hing.

»Du mußt dich umziehen«, sagte Ada. »Hier, probier mal die Hose.«

Sie ging zum Herd, nahm einen Kessel und füllte Wasser hinein.

»Pfefferminz- oder Malventee?«

»Pfefferminz«, sagte ich.

Ich hängte meine nassen Sachen auf einen Drahtbügel, zog die zerknautschte Schlaghose an und schlüpfte in eine schwarze Bluse, die mit Pailletten besetzt war.

»Süß.« Sie strich ihr nasses Haar hinter die Ohren und grinste. »Der Fön liegt im Badezimmer.«

Das Bad war etwas größer als unsere Gästetoilette. Die weißen Kacheln schimmerten dumpf. An der Wand gegenüber der Dusche hing ein Plakat mit Juliette Binoche. Im Wäschekorb lagen zwei helle T-Shirts, im Klo markierte ein brauner Rand aus Kalk den Wasserstand. Ich nahm die T-Shirts und drückte sie nacheinander auf mein Gesicht. Dann roch ich am Shampoo, Mildeen family in einer bunten Vorratsflasche. Ich beugte mich über die Duschwanne, hob ein Schamhaar auf, streckte die Zunge raus, legte das Schamhaar darauf und sah in den Spiegel.

Sie hätte mich fortschicken können. Ich wäre in die U-Bahn gestiegen und nach Hause gefahren. Warum lud eine Frau einen jungen Mann zu sich in die Wohnung ein? Als ich in dieser albernen Bluse in Adas Badezimmer stand, wurde mir plötzlich klar, wie einfach alles war, daß man sich nur bemühen, vielleicht auch ein bißchen leiden mußte, bis man schließlich bekam, was man erhofft hatte. Ich fönte mein Haar, drehte den Hahn auf und pinkelte ins Waschbecken, dann wusch ich mir mit dem Shampoo die Hände. Ich ließ die beiden oberen Knöpfe der Bluse offenstehen und kämmte mir mit etwas Nivea-Creme einen Scheitel.

Ada hatte sich umgezogen, sie trug eine schwarze Trainingsjacke und ausgefranste Jeans mit Flicken an den Knien.

»Ich hab mich verbrannt«, sagte sie. »Mist. Willst du Zucker?«

Sie stellte eine metallene Dose zur Teekanne auf das Tablett.

»Du kannst den Stuhl nehmen«, sagte sie.

Ich setzte mich zu ihr aufs Bett. Das Laken roch frisch gewaschen. Ada goß Tee in die Tassen und zündete eine

Kerze an; es war eine dicke Kerze, deren äußerer Rand noch stand. Das matte Licht flackerte wie in einer Laterne.

Sie nahm ihre Tasse und nippte.

»Warum bist du mir gefolgt?«

Ich rückte näher an sie heran.

»War dir langweilig?«

Bei unserem Ausflug zum See hatte sie Sommersprossen bekommen. Ich hielt die Hände im Schoß verschränkt. Sie zitterten wie immer, wenn jemand mich beobachtete.

»Möchtest du doch lieber Malventee?«

»Nein, der Pfefferminztee ist gut. Nur ein bißchen heiß.«

Sie band sich das Haar mit dem roten Gummi aus ihrem Rucksack zusammen.

»Heute abend ist eine Party bei meiner Freundin Agnieszka. Du kannst mitkommen, wenn du willst.«

Ich drückte mein Knie an ihres, ganz leicht.

»Wir werden ein paar Joints rauchen. Du darfst dir nichts dabei denken.«

»Tu ich nicht«, sagte ich. »Ich weiß, wie so was geht.«

Das silberne Zigarettenetui lag vor dem Bett auf dem Boden. Ich nahm zwei Zigaretten heraus, zündete sie mit der Kerze an und hielt ihr eine hin.

»Danke.« Sie sah auf die glühende Spitze. »Was ist mit deinem Vater? Du solltest ihn anrufen.«

Ich nahm einen Zug und mußte husten.

»Wie spät ist es eigentlich?« Sie berührte mein Handgelenk. »Wieso trägst du keine Uhr?« Sie streckte sich, griff unters Bett und zog einen Wecker hervor.

»Zehn vor drei«, sagte sie. »Viel Zeit.«

Von meinem Vater wußte ich, daß Frauen warteten, bis der Mann das Zeichen gab. Ich legte meine Hand auf ihr Knie. Aus der Wohnung über uns kam leise Musik, ein Impromptu, das meine Mutter manchmal auf dem Klavier gespielt hatte.

Ada hob ihren Arm und strich mir das Haar aus der Stirn. Die Kerzenflamme tanzte in der Dunkelheit ihrer Pupillen. Sie knetete das Wachs, formte daraus eine dünne Zunge, und dann sah sie den Rucksack an, nur für einen Moment – sie selbst hatte diesen Blick vielleicht nicht einmal bemerkt, hätte genauso auf ihre Füße oder zum Fenster schauen können, aber ich war wie versteinert.

Nach einer Weile stand sie auf.

»Ich muß noch arbeiten«, sagte sie. »Du kannst hierbleiben und was lesen. Ich hab ein paar Bücher, die sind, na ja, wie sagt man ... die machen Spaß. Deutsche Bücher, die ich gelesen habe, als ich so alt war wie du.«

Sie nahm ihre Tasse und setzte sich auf den Stuhl beim Schreibtisch.

»Oder du schaust dir das Viertel an. Du könntest für nachher zwei Flaschen Wodka besorgen. Es gibt einen Laden, gleich um die Ecke, wo sie nicht nach dem Ausweis fragen.«

Sie tippte die Glut ihrer Zigarette in einen silbernen Aschenbecher.

»Nimm meinen Schirm mit.«

14 Gegen Abend ließ der Regen nach. Ada trug etwas Rouge auf, benutzte ihren Lippenstift, drehte meinen Kopf ins Licht und tupfte mir Puder auf einen Pickel. Ich durfte den kleinen Reißverschluß hinten an ihrem Kleid zuziehen.

Agnieszka wohnte am Stadtpark in einem der langen Backsteingebäude, die ich früher für Kasernen der Nazis gehalten hatte. Als wir aus dem Bus stiegen, ging die Sonne unter, und aus dem Park wehten die Gerüche von Grillfleisch und Rhododendren herüber. Ich trug die Tüte mit den Flaschen und hielt mich ein kleines Stück hinter Ada, um die schwarzen Netzstrümpfe an ihren Beinen zu betrachten. Sie hatte gesagt, daß einige ihrer Freunde zur Party kommen würden. Frauen, die sich schminkten, schwarze Kleider und Netzstrümpfe trugen, hatten wahrscheinlich nichts anderes im Sinn, als es sich richtig besorgen zu lassen. Ich wollte durch den Park zur U-Bahn gehen und heimfahren, aber ich wußte, daß Ada mich überreden würde, es nicht zu tun, mit Hilfe all der Tricks, die Leute in ihrem Alter kannten.

Eine Frau mit Augenringen öffnete die Tür.

»Das ist Agnieszka«, sagte Ada.

Ihr Haar sah aus wie aufgetürmt. Sie war ein bißchen größer als Ada und vielleicht zehn Jahre älter – wenn sie nicht lachte, blieben die kleinen Falten unter den Lidern da. Sie küßte Ada auf den Mund und drückte ihre Wange an meine.

»So eine hübsche Bluse«, rief sie und zupfte meinen Kragen zurecht. »Du bist also der Schlingel, den wir heute verführen werden!«

Ich spürte, wie mir das Blut ins Gesicht schoß. Wir waren zu dritt in der Wohnung, zumindest kam es mir so vor. Agnieszka faßte uns an den Händen zog uns durch den Flur in die Küche. Sie trug Stiefel, deren Schäfte bis an die Knie reichten, einen knallgrünen Filzrock und um den Hals eine rote Boa mit Federn, die in der Luft tanzten.

»Habt ihr den Wodka mitgebracht?«

Sie stellte drei Gläser auf den Herd und strich mir über den Kopf.

»Schenkst du was ein? Dann sorgen Ada und ich für Musik, ja?«

Sie zwinkerte und zog Ada am Handgelenk in einen Raum, den man von der Küche nicht einsehen konnte. Die beiden redeten polnisch und lachten. Ich dachte, daß sie Dinge besprachen, die mich nichts angingen, nahm die Flaschen aus der Tüte, stellte eine zu den Gläsern, drehte die andere auf und trank einen großen Schluck. Dann goß ich ein, setzte mich hin und lauschte der Musik, erst einem Tango und dann einem Song, den ich schon einmal gehört hatte – »Heaven belongs to you«, gesungen von Nina Simone.

Mein Magen knurrte. Neben dem Spülbecken lagen belegte Schwarzbrotscheiben. Ich aß eine mit pürierter

Banane und eine mit Paprikawurst und schob die übrigen Scheiben auf dem Teller zusammen.

»Geht's noch ein bißchen heimlicher?«

Das Mädchen stand plötzlich im Türrahmen. Ihr Haar war lang und braun, und sie trug nur ein Badetuch, das ihre Brüste, den Bauch und die paar Zentimeter darunter bedeckte. Sie nahm die Wurstverpackung vom Tisch, ging zum Kühlschrank und sah hinein. Unter ihren nackten Füßen quietschte das Laminat.

»Hast du die Nagelfeile gesehen?« Sie schüttelte einen Pizzakarton und sah im Mülleimer nach, bevor sie die Feile zwischen den Bananenschalen im Spülbecken fand.

»Meine Schwester ist eine Schlampe.« Sie hielt die Feile mit spitzen Fingern, wischte sie ab und verzog das Gesicht. »Und wer bist du? Der Schnittchenklau?«

Agnieszka kam in die Küche, sie mußte die Stimme des Mädchens gehört haben. In ihrem Mundwinkel hing ein Joint.

»Magda«, rief sie. »Zieh dir was an! Halbnackt hier rumspringen! Schäm dich!«

Magda streckte die Brust raus.

»Dem da gefällt das!« sagte sie und zeigte mit dem Finger auf mich.

»Geh! Wird's bald«, rief Agnieszka. »Laß den armen Jungen in Ruhe!«

Magda ächzte und stolzierte hinaus.

»Meine Schwester«, sagte Agnieszka. Sie verdrehte die Augen. »Gerade vierzehn und will nach L. A.«

»Ist doch nicht schlecht«, sagte ich. »Da kann man

Lamborghini fahren und Rührei mit Trüffeln frühstükken.«

»Los Angeles!« rief Agnieszka. »Da wirst du gezwungen, Pornos zu drehen! Na zdrowje!« Sie nahm ein Glas vom Tisch und drückte es mir in die Hand. Während sie sprach, blieb der Joint an ihrer Unterlippe kleben. Sie glich damit weniger einem dieser Junkies aus St. Georg, Typen, die man am Hauptbahnhof sah, wenn man vom Bus in die S-Bahn umstieg, als einer Fernsehkomödiantin, die einen Rockstar imitierte.

»Du bist vernünftig«, sagte sie. »Vielleicht kannst du mit Magda reden.« Sie beugte sich vor und strich mir mit der Federboa über den Hals.

»Über ... Los Angeles?«

»Worüber du willst, mein kleiner Schlingel!«

Sie gab mir einen Kuß auf die Stirn, und ich ekelte mich ein bißchen, denn durch ihr Top konnte ich die Form ihrer Brustwarzen erkennen.

Ada begrüßte die Gäste. Sie wartete an der Tür, verteilte Corona mit Limone und fragte, wie es im Studium lief oder bei der Arbeit. Ein blondierter Koreaner brachte Ingwerplätzchen mit. Zwei Frauen mit papierfarbenen Gesichtern und dicken Brillengläsern stellten ihre Sandalen nebeneinander auf den Fußabtreter. Als nächstes kamen drei Kerle, die braune Lederjacken trugen, johlten und sich auf die Schultern klopften, schließlich ein Dicker mit rot lackierten Nägeln, der nach Lavendel roch.

»Hey Alter!«

»Ihr wollt heiraten?«

»Weißt du noch, damals im Kaiserkeller...«

Es kamen immer mehr Leute. Ich zwängte mich zwischen Ellenbogen, Hinterteilen und Rücken durch. Breite Rücken, verschwitzte Rücken, dazwischen plötzlich ein nackter Rücken, gehüllt in Rauch und Lärm und Gelächter und Fetzen von Nina Simone. Ich sah, wie die Männer in den Lederjacken Ada anstarrten, tuschelten und sich Zeichen gaben, sobald sie sich wegdrehte. Sie lachten, und als ihre Blicke mich streiften, tat ich, als lachte ich mit.

»Sag mal, Kleiner, kommst du vom Film?«

Ich stutzte. Sie zuckten nur die Schultern und wandten sich wieder ab. Ada war überall, sie stemmte die Hände in die Taille, warf ihren Kopf in den Nacken, lachte, verteilte Küsse. Manche Männer küßte sie zweimal, andere umarmte sie nur, die Frauen küßte sie auf den Mund. Sie streichelte Wangen, Bäuche und Hüften. Sie tänzelte durch die Wohnung, strich ihr Haar hinters Ohr, zog die Träger des Kleides hoch und schenkte Wodka nach. Es war, als löste sie sich von der Erde.

Plötzlich schob Agnieszka mich vor.

»Ist er nicht süß? Ein kleiner Engel.«

Die anderen rissen die Augen auf, nickten und klopften mir auf die Schultern wie meine Onkels und Tanten bei der Konfirmationsfeier.

»Poussierstängel«, rief eine der Frauen mit den großen Brillen.

Magda kam zu uns herüber und stellte sich neben mich. Sie roch nach dem süßen Parfum, das die Mädchen aus meiner Klasse benutzten. Über dem Bund ihrer Jeans lugte ihr weißes Höschen hervor. Sie sah in die Runde wie ein Gast, dem schlechtes Essen vorgesetzt wird, dann kniff sie die Augen zusammen und zog mich zu sich heran.

»Warum trägst du diese bescheuerte Bluse?«

»Die ist von Ada«, sagte ich. »Meine Sachen waren naß.«

»Gib's zu, du bist schwul!«

Ada kam.

»Gut«, sagte sie, »jetzt lernt ihr euch kennen!« Sie umarmte das Mädchen. »Hübsch, meine Magdalena, oder?«

»Er ist schwul«, sagte Magda. Sie drehte sich um und ging.

»Ich muß aufs Klo«, sagte ich.

Das Bad wirkte im trüben Deckenlicht alt und dreckig. Ich sah in den Spiegel: zwei kleine Augen, die Narbe über der Braue, blasse Haut, die Köpfe der Mitesser beidseits der Nase und Ohren, die meine Großmutter manchmal, wenn ich sie besuchte, mit Tesafilm an den Kopf geklebt hatte. Ich drehte den Hahn auf, beugte mich vor und wusch mein Gesicht mit Seife.

Jemand hämmerte gegen die Tür.

»Mach auf, wir warten!«

»Da scheißt einer!«

Ich zog die Spülung, schloß auf und zwängte mich zwischen ihnen hindurch. Im Raum nebenan brannten Teelichter, Agnieszka kickte gerade zwei fransige Sitzkissen in die Ecke. Die anderen standen im Kreis, rauchten, lachten und redeten, jeder so laut, dachte ich, wie er konnte.

Hände auf Hintern, Pospalten über tiefsitzenden Gürteln, gespannte Körper, Speicheltröpfchen, Nina Simone: »Love me or leave me.«

Plötzlich kam Ada auf mich zu, sie nahm meine Hand und schmiegte sich an mich.

»Komm«, sagte sie. »Wir tanzen.«

Ich sah zu Boden und drückte sie weg.

»Was ist«, sagte sie. »Die besten Tänzer machen den Anfang!«

Ich wollte mich wehren. Agnieszka kreischte und pfiff auf ihren Fingern. Ada zog mich in die Mitte des Raumes, hockte sich hin, griff mir ans Knie, umfaßte es, und dann kam sie hoch, langsam, wie eine Schlingpflanze.

»Mach einfach mit!« rief sie.

Ich tanzte nicht mal auf Klassenfesten. Wenn mein Vater aus dem Haus war, drehte ich manchmal NDR 2 auf, hüpfte vor dem Spiegel und schrie – Ausbrüche, von denen ich glaubte, so müsse Glück sein. Adas Bewegungen waren anders: Sie ahmte Formen des Rauches nach, spannte mit ihrem Körper Trapeze, schlang die Arme erst um sich selbst und dann um meinen Hals. Ich ging in die Hocke, schwang die Hüften, kippte nach hinten und sprang wieder auf. Ich schlug mir auf die Schenkel, marschierte im Stechschritt um Ada herum, zählte im Takt der Musik und bewegte die Lippen zu Texten, die ich nie gehört hatte, »oxygen tent ... real cool cat ...«

Ada wand und drehte sich vor der Kulisse aus Bierflaschen, Glut und flackernden Teelichtern. Ich sprang auf den nächsten Stuhl, stellte mich auf Zehenspitzen, griff mir zwischen die Beine und grunzte wie ein Schwein. Agnieszka starrte mich an. Ich streckte meine Zunge raus und riß die Augen auf, und als der Rhythmus wechselte, starrten mich alle an.

»Was hast du genommen«, rief der Koreaner.

»Nichts. Mir ist bloß schwindelig.«

Ich stieg vom Stuhl, blies die Rauchwolken weg und ließ mich auf ein Kissen fallen. Als ich die Augen öffnete, saß Agnieszka neben mir. Ich spürte ihr Haar an meiner Wange, ihren Atem an meinem Ohr. Ich wollte nicht mit ihr reden, aber plötzlich lag ihre Hand auf meiner, eine kleine, rauhe Hand mit Fingern, die vielleicht brachen, wenn man sie aus Mitgefühl oder anderen Gründen drückte.

»Du bist traurig«, sagte sie.

Im Schein der Teelichter sah sie jung aus. Ada tanzte inzwischen mit einem blonden Mann, der Prinz Pavel hieß. Er hielt ihre Taille umfaßt, und Ada beugte sich kopfüber nach hinten, bis ihr Zopf den Boden berührte.

»Wir sind alle allein«, sagte ich.

»Was meinst du damit?« fragte Agnieszka.

»Das Leben ist...«

Ich schloß die Augen.

»Es ist...«

Ich konnte es nicht erklären, nicht so, daß sie es verstehen würde. Ich verstand es selbst nicht.

»Du spinnst ja«, sagte sie und lachte. »Ich muß aufs Klo, bin gleich wieder da. Trinken wir dann noch einen?«

Später saß ich neben dem Koreaner in der Küche. Ada spülte Gläser ab, während er versuchte, ihren Rock mit dem Ansatzrohr des Staubsaugers hochzuschieben. Plötzlich warf sie den Schwamm ins Wasser, drehte sich um, nahm das Rohr und lehnte es gegen die Wand. Dann setzte sie sich auf seinen Schoß, zog seinen Kopf nach hinten und beugte sich über ihn, als wollte sie ihn küssen.

»Mein lieber Joshi«, sagte sie. »Besser, du gehst nach Hause.« Sie sah mich an. »Sei so lieb. Such seine Jacke und bring ihn zur Tür.«

Ich packte den Koreaner am T-Shirt und zog ihn hinter mir her durch den Flur.

»Meine Jacke«, lallte er.

»Keine Jacke«, sagte ich. »Du bist ohne Jacke gekommen.«

Er kratzte sich hinterm Ohr.

»Kann ich mal telefonieren?«

Ich schob ihn ins dunkle Treppenhaus. Er rülpste und torkelte nach unten.

»Licht, bitte«, rief er.

Ich schlug die Tür zu und schloß ab.

Ada rauchte, sie hatte Schuhe und Strümpfe ausgezogen und ihre nackten Beine auf dem Küchentisch ausgestreckt. Ihre Fußsohlen waren rot, mit kleinen Schwielen an Fersen und Zehen; die lackierten Nägel glänzten im matten Deckenlicht. Sie gähnte, und ich sah die Mandeln und ihr schlankes Zäpfchen, das ich gern berührt hätte.

»Agnieszka liegt schon im Bett«, sagte sie und drückte die Zigarette aus. »Ich finde, wir sollten dann auch.«

Sie führte mich in eine Kammer neben dem Bad, die nach Kernseife roch. An der Wand lehnten Schrubber und Besen. In einem kleinen Regal standen Schuhe, Gemüsekonserven und eine beinahe völlig zerfetzte Bibel. Am Boden lagen zwei Wolldecken auf einer mit einem orangenen Laken bezogenen Matratze.

Ada ließ ihr Kleid fallen, rückte den BH zurecht und zog die Unterhose hoch.

»Gute Nacht.«

Sie legte sich hin.

»Machst du das Licht aus?«

Ich stand eine Weile da. Schließlich nahm ich die andere Decke, drückte auf den Lichtschalter tastete mich durch den Flur zur Küche.

Ich trank einen großen Schluck Leitungswasser. Dann kroch ich unter den Tisch und kauerte mich zusammen, aber der Boden war hart und klebrig, jemand hatte sein Bier ausgekippt. Ich wartete eine Weile im Dunklen und lauschte den Geräuschen, einem Schnarchen, das aus der Wohnung nebenan zu kommen schien, und diesem Kichern, dessen Ursprung ich nicht ausmachen konnte. Schließlich stand ich wieder auf und schlich zurück in den kleinen Raum.

»Ada«, sagte ich.

Ich konnte sie atmen hören. Ich legte mich an den äußeren Rand der Matratze und dachte nach.

»Ada«, sagte ich wieder.

Plötzlich ging die Tür auf. Ein Lichtstrahl zuckte über die Wand. Jemand kam herein, das Schloß der Tür schnappte leise zu, und dann spürte ich etwas Großes neben mir unter die Decke kriechen.

»Hi«, flüsterte Magda.

»Bist du verrückt?«

»Total.«

Sie wälzte sich auf mich, kicherte und umklammerte mich mit ihren Schenkeln. Ich konnte riechen, daß sie sich die Zähne geputzt hatte.

»Heiß hier, oder?«

»Und eng«, sagte ich. »Geh bitte runter!«

»Du bist süß«, flüsterte sie und schob ihren Daumen in meinen Mund. »Zeigst du mir dein Männchen?«

Ich biß zu, so fest ich konnte. Sie schrie. Ich drückte sie weg, nahm meine Schuhe und rannte raus, die Treppe runter und über die Straße zum Park, am Koreaner vorbei, der neben dem Kiesweg lag.

Mein Vater schnarchte. Ich schlich zum Schrank und griff hinter das geblümte Service, wo die Dose mit dem Aufdruck »Hirschapotheke« stand. Ich schluckte zwei Tabletten runter und spülte mit Orangensaft nach. Mein Schädel spannte, als wäre eine Ladung Beton hineingepumpt worden.

Ich nahm den Telefonhörer und wählte Adas Nummer – ich hoffte, sie wäre inzwischen in ihre Wohnung zurückgekehrt, um in Erwartung eines Zeichens vor dem silbernen Christus zu knien. Zwanzigmal ließ ich es klingeln, dann schlich ich in den Keller, knipste das Licht in der Waschküche an und seifte mich in der Behelfsdusche ein. Ich schrubbte mit einer Bürste, bis meine Haut rot war und brannte. Die Wunde vom See war schon verschorft; ich löste den Schorf mit Flüssigseife und spülte ihn in den Ausguß. Die Schlaghose und die schwarze Bluse warf ich in die Wäschetrommel, ein Ort, den mein Vater mied.

15
Am Nachmittag holte ich noch zwei Tabletten. Auf dem Kühlschrank stand ein Karton von Penndorf, diesem Kaufhaus, dessen Tüten mit dem Aufdruck »Modisch Modern« ich sofort in den Müll warf, wenn sie bei uns herumlagen. Manchmal bestellte mein Vater per Telefon Socken und Unterwäsche.

Diesmal war der Karton größer, fast so groß wie ein Sofakissen; ich dachte, es wäre vielleicht die Weste, die ich mir zum Wandern wünschte. Der Preis auf der Quittung kam ungefähr hin, hundertvierzig Mark. Ich schüttelte den Karton – ein sanftes Knistern, Seidenpapier. Ich schluckte die Tabletten runter, hob den Deckel ab und schlug das Papier zurück – es war ein Kleid, zitronengelb, mit abgesetzten Bündchen und einem Schriftzug auf der Brust:

ENJOY SUMMER!

Auf der Pappkarte, die im Dekolleté steckte, trug eine junge Frau das Kleid, eine Brünette in Adas Alter. Kleider standen Ada, aber sie schien nur eines zu besitzen, dieses Schwarze, das sie bei der Party getragen hatte. Wahrscheinlich lief sie in Jeans herum, weil sie bei uns wenig verdiente und Geschäfte wie Penndorf ziemlich teuer waren.

Ich stellte mir vor, wie mein Vater dasaß und in dem Katalog blätterte, wie er mit dem Kugelschreiber ein oder zwei Artikel anstrich und auf die Idee kam, genau dieses Kleid zu bestellten, daß er den Bestellschein ausfüllte, ihn in einen Umschlag steckte und dabei das Gefühl hatte, Ada eine Freude zu bereiten.

Plötzlich mußte ich heulen. Ich heulte, wie ich schon seit Jahren nicht geheult hatte, und ich dachte, daß wahrscheinlich der Alkohol daran schuld war.

Sie hatte bis Donnerstag frei. Der Donnerstag war auch mein erster Schultag nach den Ferien – ein Tag, für den ich sonst Schreibhefte kaufte, die Bücher in saubere Umschläge steckte und meine Buntstifte spitzte.

Diesmal war mir alles egal. Bettinas krankes Chamäleon, Hajo mit seinen japanischen Comics und ob Herr Schlüter sich heimlich mit Frau Diestelmeyer traf.

In Französisch schnippte Fritsche Popel durch die Luft. Er fing sie mit der Zunge auf, schmatzte, schluckte sie runter und rieb sich unter dem T-Shirt den Bauch. Mit seinem schmalen Gesicht, der Matrosenmütze und dieser Brille, deren Gestell sein Urgroßvater ihm vererbt hatte, sah er aus wie ein Witzbold aus einer Nachkriegskomödie. Stine und Lilly lachten, Lenny D. lachte, sogar Madame Sauvage lachte. Ich rutschte auf meinem Stuhl herum und haßte mich, weil ich mit ihnen in dem engen Klassenraum saß, obwohl sie mir egal waren.

Kurz darauf ging Madame Sauvage raus, um den Diaprojektor zu holen. Alle sahen Fritsche an. Er schluckte noch einen Popel runter, hielt inne, drehte sich plötzlich um und zeigte mit dem Finger auf mich.

»Lippe«, sagte er. Der Name kam von Lilly. Sie hatte ihn aufgebracht, weil ich nicht viel redete.

»Sag mal, riechst du das auch?« Er stand auf, streckte mir seine Nase entgegen und schnüffelte.

»Du hast geschissen, Lippe.«

Die anderen schlugen mit ihren Linealen auf die Tische, zogen Grimassen, gröhlten, klatschten und warfen Papierkügelchen.

Ich schrieb beim Testat in Latein von Eike ab, der meistens durchfiel, verbrachte die Pausen auf dem Parkplatz und ging vor der dritten Stunde heim.

In diesem Laden hinter dem Bahnhof, den mein Vater »morgenländische Muffelkiste« nannte, kaufte ich einen kleinen Skorpion aus Bronze an einem Lederriemen. Als Augen klebten dem Skorpion blaue Edelsteinsplitter am Kopf. Ich stellte mir vor, wie er statt des Raubtierzahns um Adas Hals hing, wie sie ihn berührte, wenn sie in den Spiegel sah. Vielleicht paßte er zu dem gelben Kleid. Die junge Türkin umwickelte ihn mit Seidenpapier. Ich zahlte und steckte das Päckchen in die Tasche meiner Trainingsjacke. Alle paar Schritte tastete ich durch den Stoff die spitzen Scheren, die Beine und den festen Panzer.

Ich nahm die Abkürzung, den Pfad, der vom Schwimmbad zum Bootsschuppen und von dort am Fluß entlang zu unserer Straße führte, vorbei an der alten Villa. Vermutlich war der Besitzer gerade wieder in Afrika, aber ich hatte seinen Sohn vom Parkplatz der Schule fahren sehen, in einem Kübelwagen mit offenem Verdeck. Ihm war alles zuzutrauen, sogar daß er sich mittags um zwölf mit einem Mädchen beschäftigte. Ich nahm ein paar Schritte Anlauf und zog mich an der Mauer hoch. Zwei, vielleicht drei Sekunden lang sah ich in den Garten, sah ihn auf dem Rasen liegen, nackt, mit einer Sonnenbrille und einer Zigarette im Mund. Ich ließ los, fiel rückwärts, sprang wieder auf und rannte. Als ich das Ende der Mauer erreichte, stand er plötzlich vor mir, in zerschlissenen grauen Shorts; sonst hatte er nichts an. Seine Augen waren grün, und sein Gesicht glänzte. An der Spitze seiner Nase hing ein Schweißtropfen.

»Auf die Fresse«, sagte er.

Ich drückte die Schultasche an mich und rannte an ihm vorbei. Er erwischte mich an der Jacke. Ich schlug nach ihm, kam los, rannte die Straße runter, drückte unser Gartentor auf und zwängte mich durch. Ada hockte im Rosenbeet, eine Schaufel in der Hand.

»Was ist passiert?« fragte sie. Sie trug das gelbe Kleid.

Er kam durch das Tor in den Vorgarten. Als er sie sah, setzte er eine freundliche Miene auf, räusperte sich und drückte das Kreuz durch.

»Dein Bruder schnüffelt bei uns rum.«

Sie richtete sich auf.

»Von mir hat er das nicht«, sagte sie.

Er brummte und strich sich über den Bauch. Ein schmaler Streifen Haare zog sich vom Nabel zum Bund seiner Shorts.

»Ich bin Eric«, sagte er.

Ada wischte sich mit dem Arm eine Strähne aus der Stirn.

»Wohnst du hier?« fragte sie.

»Die Straße runter, am Ufer. Gleich da hinten beim Bootsschuppen.«

»In dem alten Haus?«

Er nickte.

»Das ist ein schönes Haus«, sagte sie.

Er sah zu Boden, als sei es ihm peinlich, in so einem Haus zu wohnen, aber ich spürte, daß er nur spielte. Ada spielte mit, oder sie fiel auf ihn herein. Ich lief zur Tür, schloß auf und warf meine Tasche in die Ecke. Mein Vater stand am Küchentisch bei der Saftpresse. Gerade halbierte er mit unserem Brotmesser Orangen.

»Ein Kerl ist im Garten«, sagte ich.

»Guten Tag«, sagte mein Vater. Er drückte den Hebel der Presse runter und grinste mich an.

»Guten Tag«, sagte ich, »da ist ein Kerl im Vorgarten, er spricht mit Ada!«

»Orangensaft?«

»Er tut ihr was!«

Wir gingen ins Klavierzimmer. Mein Vater schob den Vorhang zur Seite, trat zurück in den Schatten des Raums und sah ins Gegenlicht. Der Junge stand Ada gegenüber, zwei Armlängen von ihr entfernt. Ada bedeckte den Mund mit ihrer Hand und lachte.

»Das Kleid«, sagte mein Vater. »Verdammt. Da habe ich nicht aufgepaßt.«

Ich fragte mich, wie er darauf kam. Aber er hatte recht:

Der Stoff spannte an ihrem Bauch. Das grelle Gelb ließ sie blaß, beinahe kränklich wirken.

»Ist das der Junge, der mit seinem Vater in dieser Bruchbude wohnt?«

»Das ist er«, sagte ich.

Er hatte die Daumen in den Bund seiner Shorts gehakt, während Ada den Kopf schüttelte und sich betastete, die Brüste, den Po, die Hüften, vielleicht auf der Suche nach einer Tasche, in der ihre Zigaretten steckten.

»Schau, wie er dasteht«, sagte mein Vater. »Es gibt solche Typen, die eigentlich in einen Affenkäfig gehören und trotzdem von Frauen umschwärmt werden. Wundere dich nicht darüber.« Er stocherte mit der Spitze der Krücke Richtung Fenster. »Früher hat deine Mutter manchmal auf ihn aufgepaßt, wenn sein Vater in Lagos war oder was weiß ich wo. Ein stilles, dickes Kind mit Durchfall.«

»Sie flirten«, sagte ich.

Mein Vater zog die Brauen hoch.

»Du bist eifersüchtig.«

Ada lachte und tänzelte auf der anderen Seite der Scheibe. Ihre Lippen bewegten sich wie die eines Mädchens in einem Stummfilm. Ich zuckte die Schultern und versuchte, so gelangweilt wie möglich zu gucken.

»Ich habe eine Freundin«, sagte ich. »Eine, mit der ich Sachen mache.«

»Interessant«, sagte mein Vater.

Ich spürte, daß er mir nicht glaubte. Wahrscheinlich mußte man durchdrehen, stehlen oder sterben, um ernst genommen zu werden.

»Sie ist hübsch«, sagte ich und schluckte etwas Spucke runter. »Die Schuhverkäuferin sah aus wie ein alter Brummkreisel, oder?«

Er fuhr sich mit der Zunge über die Zähne und kniff die Augen zusammen.

»Und Doktor Steinbergs Sekretärin? Und die Frauen von deinen Kollegen – Barbara, Gunda...Margarethe?«

Draußen ging Eric in die Knie, betrachtete die Chinarosen, riß eine ab und hielt sie Ada hin. Ich glaubte, mein Vater würde mich ohrfeigen, und spannte die Muskeln an, aber er humpelte zum Fenster, machte es auf und lehnte sich raus.

»Freundchen«, brüllte er, »hau ab! Laß meine Blumen in Ruhe!«

Eric sah meinen Vater an, dann drehte er sich um, als stünde jemand hinter ihm. Ada streckte den Rücken. Ich sah ihre Beine, zwei graue, schlanke Schatten unter dem Stoff des Kleides, und weiter unten die Haut, schmutzgesprenkelte Knie, am Schienbein eine verschorfte Wunde.

»Los«, brüllte mein Vater, »sieh zu! Und du kommst rein, Ada!«

Die beiden setzten sich in Bewegung, wie in Zeitlupe – ein halbnacktes Wesen und eine junge Frau in einem zu engen Kleid. Eric knallte das Tor zu und zeigte uns durch das Gitter den Finger.

Ich wollte in mein Zimmer gehen.

»Du bleibst da«, sagte mein Vater. Er griff mir von hinten an den Hals. Ich wollte mich wegducken, aber sein Griff war fest wie eine Zwinge. Als Ada eintrat, ließ er los, humpelte auf sie zu, blieb vor ihr stehen, holte aus und schlug ihr ins Gesicht.

Sie sah ihn an. Er sah sie an, und ich sah an seinem Rücken vorbei in ihre Augen, die reglos blieben, als sei nichts Unerhörtes passiert, sondern etwas völlig Normales.

»Hör mal«, sagte er. »Ich möchte nicht, daß alle möglichen Leute hier ein- und ausgehen.«

Er sagte es mit sanfter Stimme, als spräche er mit einem Kind.

Ada runzelte ihre Stirn.

»Sein Name ist Eric«, sagte sie. »Er ist ein Nachbar.«

Mein Vater verlagerte das Gewicht. Für einen Moment wankte er, dann fing er sich mit der Krücke ab.

»Schau dir den Jungen an«, brüllte er. »Er raucht! Er nimmt meine Schmerztabletten! Nachts besäuft er sich irgendwo, und wenn er morgens nach Hause kommt, trägt er Frauenkleider!«

Sie drehte sich um und ging. Mein Vater holte Luft, setzte sich ans Klavier und spielte ein Stück aus dem Übungsbuch, einen Boogie-Woogie. Ich lief hinter Ada her in den Keller. Sie rannte zur Waschküche, nahm ihren Rucksack, der bei den Putzmitteln stand, und stieß die Tür zum Garten auf. Am Fluß ließ sie sich ins Gras fallen, kramte die Zigaretten hervor und steckte sich eine an.

Ich setzte mich zu ihr.

»Hau ab«, sagte sie.

Sie sah aufs Wasser. Ich dachte, daß sie einzigartig war, daß sie etwas Besseres verdiente als meinen Vater und mich und daß ich ihr nicht helfen konnte, weil ich ein Kind war, ein Träumer, ein Dummkopf. Sie wischte die getrocknete Erde von der Haut ihrer Knie. Der Saum des Kleides war hochgerutscht; sie zog ihn runter, zögerte, stand auf, zog das Kleid über den Kopf und warf es in den Fluß.

Es trieb ein Stück, blieb am Ast einer schief gewachsenen Weide hängen, löste sich und trieb weiter, ein häßliches gelbes Ding, vor dem wahrscheinlich die Fische erschraken.

16   Ich hockte am Tor, die Straße im Blick, horchte, ließ Kieselsteine rieseln und rupfte Moos aus den Fugen der Pfosten. Schließlich lief ich zur Bushaltestelle in der Drosselgasse. Ich stand den ganzen Nachmittag da, der 256er kam zwölfmal. Von weitem entdeckte ich durch die Scheiben ihren Zopf, ihr Gesicht und die Bluse. Dann schwangen die Türen auf, und Männer mit langem Haar stiegen aus, blasse Kinder, Greisinnen.

Sie kam nicht, weder Freitag noch Samstag – Daten, deren schmale Felder auf dem Kalender mein Vater mit je einem grellroten »A« versehen hatte. Er stampfte durchs Haus, schlug Nägel in die Wände und hängte Ölbilder auf, die mein Großvater nach der Schlacht bei Charkow gemalt hatte. Ich spannte die Muskeln an, bereit, mich zu ducken und wegzurennen, sobald er in meine Nähe kam.

Am Abend rief er bei ihr an und reichte mir den Hörer rüber: »Kein Anschluß unter dieser Nummer.« Er ließ das Telefon in Reichweite neben dem Ohrensessel stehen. Zur Nacht nahm er es mit in sein Zimmer, am Morgen prüfte er vor dem Frühstück das Kabel und den Stecker.

»Arschloch!« schrie er, als jemand sich verwählt hatte.

Dann suchte er Spuren. Er stocherte mit einem Besenstiel unter dem Sofa herum, humpelte durch die Rosenbeete und verteilte den Inhalt des Mülleimers auf dem

Küchentisch. Doch zwischen triefendem Kaffeesatz, verfaultem Gemüse und Zeitungspapier fanden sich nur die Quittung des gelben Kleides und Zigarettenstummel, Marke Cristal lights, mit Lippenstift am Filter. Schließlich schälte er Apfelsinen und beleckte die Schnitze, bevor er sie in den Mund schob, als wären sie spitz oder bitter. Er starrte aus dem Fenster, der Saft lief an seinem Kinn herunter.

Ich stellte mich vor ihn, sagte etwas, aber er sah durch mich hindurch, rieb sein Bein, atmete schwer, und schließlich glaubte ich, daß alles meine Schuld war.

Am Montag ging ich nicht in die Schule. Ich hatte kaum geschlafen. Um acht klopfte er an die Tür meines Zimmers. Er kam herein, hob die Decke hoch, sah mich an und nickte.

»Ist in Ordnung«, sagte er. »Ich schreib dir eine Entschuldigung.«

Da ich das Einkaufen nicht mehr gewohnt war, sah ich im Keller nach. In der Gefriertruhe lag nur ein eisverkrusteter Beutel Rote Grütze. Ich nahm die letzte Dose Grünkohl aus dem Regal, ging in die Küche, fingerte zwei verschrumpelte Wiener Würstchen aus dem Müllsack und wärmte sie im Kochtopf auf. Die Hitze ließ das Fleisch quellen, die Haut wurde glatt und platzte. Als wir aßen, sah ich rüber zu Adas leerem Stuhl. Dann sah ich meinen Vater an und dachte an die Jahre, die vor uns lagen, bis ich einmal wegziehen würde.

»Schmeckt ganz gut«, sagte er und sah in den Topf, der

schon leer war. In seinem Mundwinkel hing ein faseriges Grünkohlblatt.

»Ich fahre hin«, sagte ich.

Er brummte, schob seinen Teller weg, nahm eine Serviette und schnäutzte hinein. Ich konnte sehen, daß er überlegte. Seine Augen waren klein. Die Farbe änderte sich; vielleicht bildete ich mir das ein, aber meist waren sie blau, und dann waren sie plötzlich grau, je nach Licht.

»Die mittlere Schublade«, sagte er und wies mit dem Kopf zum Sekretär.

Ich ging hin und sah hinein. In der Schublade lagen Tesafilmrollen, Bleistifte und ein brauner Umschlag.

»Das ist ihr Wochenlohn« sagte mein Vater. »Sie hat ihn liegengelassen.« Er malte mit dem Zeigefinger Kreuze auf das Tischtuch.

»Am besten nimmst du ihn mit.« Er griff in seine Hosentasche, zog den Geldbeutel heraus und warf ein paar Markstücke auf den Tisch.

»Für den Fahrschein.« Er rieb sich das Kinn und sah durchs Fenster nach draußen.

»Sag ihr, daß...« Er zuckte die Schultern. »Du weißt schon. Sag einen Gruß.«

Vier frische, blaue Scheine waren eine Menge Geld. Ada hatte zehn Stunden pro Woche bei uns gearbeitet, das waren vierzig Mark pro Stunde »auf die Pfote«, womit mein Vater meinte, daß man das Finanzamt beschiß; ich hatte zwanzig Mark pro Stunde mit ihr ausgemacht, er hatte diesen Betrag verdoppelt. Für meinen Vater entsprach der Wert der Dinge ihrem Preis, und ich fragte mich, wie er jemanden, dessen Preis so hoch war, einfach ins Gesicht schlagen konnte.

Am Nachmittag zog sich der Himmel zu. Es war einer dieser Tage im August, an denen man spürte, daß die Herbstmonate klamm und düster werden würden. Ich nahm das Kuvert, steckte noch einen Zehnmarkschein aus meinem Sparschwein hinein, wickelte den Bronzeskorpion in Seidenpapier, ging in den Garten und pflückte einen Wiesenblumenstrauß. Gekränkten Frauen schenkte man Blumen, das hatte ich in einer Zeitschrift gelesen. Ada hatte mir erzählt, daß sie alle Blumen mochte, besonders blaue Kornblumen, von denen ein paar bei dem Holzpflock wuchsen, der das Grab des Hundes hinter den Brombeersträuchern markierte.

Sie war nicht da oder öffnete nicht. Ich sah hoch; ihr Fenster mußte das äußere im vierten Stock sein. Ich drückte die anderen Klingelknöpfe, Makabay, Gropp, Ölmez, Schultz. Es war eines dieser Häuser, die aus der Vorkriegszeit stammten und seit Jahrzehnten keine frische Farbe gesehen hatten. Ich ging in den Hof. Beim Wäscheständer lag ein rostiges Fahrradgestell, und hinter der schmalen Holztür, die zum Kohlekeller führte, hörte ich eine Katze schreien. Ich ging zurück zur Straße, und plötzlich kam ein Typ um die Ecke, ein junger Neger, der gerade seinen Schlüssel zückte und aufschloß. Er nickte mir zu, und ich sagte »Guten Tag« und ging hinterher.

Das Treppenhaus roch nach Schmierseife. Jemand hatte mit dickem Filzstift Flüche an die Wand gekritzelt, »Kinderficker«, »Nazischwein«. Ich blieb vor dem Briefkasten stehen, aus dessen Schlitz Reklame von Aldi und Obi quoll, auf dessen Schild ihr Name stand, in Großbuchstaben: ADA MALIC.

»Suchst du was?« Der Mann verschränkte seine Arme vor der Brust. Er hatte ein Gesicht wie ein Barsch und trug einen blauen Overall.

»Ist hier eine Wohnung frei?«

»Warum?« rief er. »Bist du abgehauen?«

»Nicht für mich«, sagte ich. »Für meine große Schwester.«

Ich lief zum Fenster und zurück, sah die Druckstellen im Teppich, viermal rund, viermal eckig – ihr Bett, die Böcke des Schreibtisches. Ein wenig abgerissene Tapete, dort, wo die Christusfigur an einem Streifen Tesafilm gehangen hatte.

»Gute Wohnung«, sagte der Hausmeister. Er pfiff beim Luftholen durch die Nase. Ich wollte ihn fragen, ob Ada eine Adresse hinterlassen hatte, aber er sah auf seine verkratzte Swatch, als wäre nur wichtig, was er tun würde, sobald er wieder allein war.

Er stieß die Tür zum Bad auf.

»Dusche und so. Das Klo. Alles in bester Ordnung.«

Er klappte den Deckel hoch, und ich sah, daß niemand geputzt hatte. Das Poster hing noch an der Wand, Juliette Binoche in »Blau«, einem Film, den wir im Deutschunterricht auf Video gesehen hatten. Die glänzende Oberfläche war mit feinen Zahnpastaspritzern gesprenkelt.

Der Hausmeister brummte. Er streckte sich, pulte an einer Reißzwecke und riß das Poster von der Wand.

»All so 'n Schiet lassen die Leute da«, sagte er.

Dann knüllte er das Poster zusammen und stopfte es in die Tasche des Overalls.

»Was is los«, sagte er. »Is dir schlecht? Bist ganz schön blaß!«

»Alles in Ordnung«, sagte ich. »Vielen Dank. Sie sind sehr freundlich. Ich melde mich, ich meine... meine Schwester meldet sich nächste Woche.«

»Mir is das egal«, rief er.

Ich warf die Blumen ins Gebüsch. Ich überlegte, dann ging ich zurück, schob die Zweige zur Seite, nahm den Strauß und schenkte ihn der ersten Person, die ich traf, einem großen Mann mit glänzenden Schuhen und schneeweißem Kragen – einem dieser Typen, die an Sonntagen segeln gingen und in Eppendorf, Othmarschen oder am Grindelberg junge Geliebte hatten, die in Altbauwohnungen lebten, Jura studierten und stolz darauf waren, Familienvätern einen zu blasen. Ich wußte nicht genau, ob das stimmte und was Ada damit gemeint hatte: Bliesen sie dort unten hinein, oder ähnelten sie bloß Mädchen, die mit roten Gesichtern an Geburtstagen Luftballons aufbliesen, oder Frauen, die niesen mußten? Ich hatte mich geschämt zu fragen.

»Ich liebe sie«, sagte ich laut und wußte, wie dumm das klang, daß auch Agnieszka es dumm finden, lachen und mich wegschicken würde. Aber der Dümmste, das stand fest: Der Allerdümmste war mein Vater. Er saß mit seinem gebrochenen Bein in diesem alten Haus und legte noch immer Wert darauf, daß alle nach seiner Pfeife tanzten. Dabei wäre ich für ihn gestorben, wenn er es verlangt hätte, für einen alten Kerl, der keine Arbeit hatte und soff und weniger zu begreifen schien als sein eigener Sohn.

Agnieszka öffnete die Tür. Sie trug Lippenstift und Rouge und einen gestreiften Bademantel. Durch ein schmales Fenster fiel Tageslicht ins Treppenhaus, und ich sah, daß einige ihrer Haare schon grau waren.
»Du?«
Sie starrte wie jemand, der gerade aufgestanden war.
»Ich wollte bloß vorbeischauen.«
Die Wohnung war feucht und dunkel und roch nach verbranntem Fisch. Auf dem Parkett klebte noch das Wachs der Teelichter von der Party. Agnieszka war barfuß, sie ging voraus. Ich dachte an ihre Brustwarzen, die ich bei der Party gesehen hatte: Sie waren so groß wie das Loch, das entstand, wenn man die Spitzen von Zeigefinger und Daumen aneinanderlegte.
»Es gibt noch Pizza«, sagte sie. »Mit Zwiebeln und Anchovis. Magst du Anchovis? Ich hasse Anchovis. Du kannst meine haben.«
Am Küchentisch saß der blonde Mann, der mit Ada getanzt hatte. Er trug ein T-Shirt, Badelatschen und Shorts mit grauen Ausrufezeichen.
»Pavel«, sagte Agnieszka. »Hau ab. Du erschreckst die Leute.«

Er brummte und schlurfte los.

»Wir kennen uns«, sagte ich.

Er zog seinen Rotz hoch, kratzte sich am Hintern und knallte die Tür zu.

»Ich muß gleich wieder«, sagte ich. »Einkaufen und so.«

»Erst wird gegessen. Setz dich.«

Sie warf einen Pappteller auf den Tisch und schippte mit einem Tortenheber ein öliges Stück Pizza darauf. Dann lehnte sie sich an die Tapete und zog den Gürtel des Bademantels fest.

»Wie geht's denn.«

»Bestens. Und dir?«

»Auch. Die Cola ist leer. Willst du Wasser?«

Ich schüttelte den Kopf. Agnieszka zog das Fenster auf und steckte sich eine Prince Denmark an. In meiner Erinnerung hatte die Küche geheimnisvoll gewirkt, der Fortsatz des kerzenbeleuchteten Flurs und des Zimmers, in dem wir getanzt hatten. Jetzt, bei Tageslicht, sah ich nur Sperrmüll, den bald schon fettige Schlieren, Krusten und andere Reste zersetzt haben würden. Auf dem Linoleum lagen Kippen, im Spülbecken stapelten sich Konserven, und über allem lag dieser Geruch, verbrannter Fisch, kräftiger als der Duft blühender Rhododendren, der durchs Fenster hereinwehte.

»Stört dich der ganze Dreck? Wenn er dich stört, dann bitte, räum auf.«

Ich spürte, wie ich rot wurde. Sie warf ihr Haar über die Schulter. Ich schob die Zinken der Gabel in den braunen Pizzabelag.

»Wo ist Ada?« sagte ich.

»Weg.« Sie verdrehte die Augen. »Sonst noch was?«

»Ich muß mit ihr reden.«

Sie zog an ihren Fingern, bis sie knackten. Ich aß noch ein Stück von der Pizza, und als Agnieszka hinsah, leckte ich mir die Lippen. Dann holte ich den braunen Umschlag aus meiner Tasche hervor.

»Das ist ihr Wochenlohn«, sagte ich. »Wir können sie nicht erreichen.«

Agnieszka nahm den Umschlag, betastete ihn und verzog das Gesicht, als hätte man sie beleidigt.

»Frag deinen Alten, warum.«

»Weil er sie geschlagen hat.«

Sie lachte. »Geschlagen! Pah! Hat er dich auch geschlagen?« Jetzt schrie sie. »Und, was hast du gemacht? Abhauen? Wegen so was?«

Die Prince Denmark war ihr aus dem Mund gefallen. Ich hob sie auf und hielt sie ihr hin.

»Du kennst ihn nicht«, sagte ich.

»Ich kenne andere, die so sind. Makler. Anwälte. Doktor Dingsbums!«

Ich sah, daß sie versuchte zu weinen, und ich wußte, wie richtig es war, sie zu trösten und ein schlechtes Gefühl zu haben. Aber ich dachte, daß Frauen in ihrem Alter sich oft benahmen wie Kinder, die an ersponnenen Problemen verzweifelten. Ich nahm den Umschlag und stand auf.

»Warte«, sagte Agnieszka. »Möchtest du noch was? Ein Bier? Eine Zigarette?«

Sie rieb sich mit dem Ärmel des Bademantels die Augen.

»Ich muß gehen«, sagte ich.

»Den Umschlag kannst du hierlassen. Ich werde ihn Ada geben.«

»Ada ist weg, hast du gesagt.«

»Ich kann das Geld überweisen. Ich habe ihre Kontonummer.«

»Mach's gut«, sagte ich.

Als wir im Flur waren, griff sie zu. Sie krallte die Nägel in den Umschlag. Ich klammerte mich an die Türklinke und zog, so fest ich konnte. Sie lief rot an, der Boden kreischte unter ihren nackten Füßen. Als ich den Umschlag wegriß, fiel sie.

Sie lag auf dem Rücken und schrie und strampelte mit den Beinen. Ihr Bademantel rutschte hoch, und einen Moment lang sah ich ihr Schamhaar. Sie krallte die Finger in meine Jeans. Ich steckte den Umschlag in meinen Mund und drückte sie mit dem Knie nach unten. Als sie noch immer festhielt, zog ich sie hinter mir her zur Schwelle und schlug die Tür gegen ihren Kopf.

Pavel kam aus dem Bad gestürmt.

»Spinnt ihr«, schrie er. Er hatte kein Hemd an.

Agnieszka lag zwischen uns auf dem Parkett, sie hielt ihr linkes Ohr. Auf dem Kragen des Bademantels erschien ein dunkler Blutfleck. Pavel griff ihr unter die Achseln und half ihr auf die Füße.

»Alles in Ordnung«, sagte sie und legte die Hand auf seine Brust. »Er ist ein Kind. Ich habe ihn erschreckt.« Sie strich ihm über die Wange, sah zu mir rüber und winkte ab.

»Unmöglich, oder? Beruhigen wir uns.«

»Ich wollte nur wissen, wo Ada ist«, rief ich.

Pavel sah Agnieszka an.

»Dumme Kuh«, sagte er. Dann kam er auf mich zu. Die Haare auf seiner Brust waren naß, er roch nach Schweiß und Badesalz.

»Sie ist daheim«, sagte er. »Hau jetzt ab, sonst setzt's was.«

Ich rannte die Treppe runter. Ich dachte, daß ich Agnieszka vielleicht den Schädel gebrochen hatte.

Vor dem Haus stand eine Frau mit einer leeren Kinderkarre. Sie lächelte, und ich hielt ihr die Tür auf.

»Du bist freundlich«, sagte die Frau. »Darf ich du sagen?«

Ich nickte und dachte, daß Agnieszka Ada alles erzählen würde. Auf der anderen Straßenseite fuhr gerade der Bus ab. Ich stellte meinen Fuß in die Haustür und wartete, bis die Frau mit der Karre im Durchgang zum Hinterhaus verschwunden war. Dann schlich ich wieder die Treppe rauf, kniete mich auf die Fußmatte und drückte mein Ohr an den Briefschlitz. Ich konnte hören, wie sie stritten, Agnieszkas grelle Melodie und Pavels Begleitung – »Nein« und »Doch« und »Halt deine blöde Klappe«.

Im Umschlag steckte noch der Zehnmarkschein aus meinem Sparschwein. Ich wollte etwas draufschreiben, »Entschuldigung« oder »Verrat mich nicht«, aber ich hatte keinen Stift. Schließlich hielt ich den Atem an, faltete den Schein zusammen und schob ihn unter der Tür durch.

17 Nachdem ich meinem Vater einen Teil der Geschichte erzählt hatte – er sagte, er wisse nun auch nicht weiter und daß man abwarten müsse –, ging ich in mein Zimmer, setzte mich aufs Bett, löste die Knöpfe des Kissenbezugs und zog die Serviette heraus. Als mein Vater auf dem Klo war, rief ich die Auslandsauskunft an, faltete die Serviette auseinander und flüsterte »Lublin, Ulica Narutowicza 20« in den Hörer. Ich schrieb die Nummer auf meine Hand, legte auf, hob wieder ab und wählte. Ein Knacken, kurze Zeit nichts und dann, dumpf, das Freizeichen. Ich spürte mein Herz hämmern.

»Klopapier«, rief mein Vater.

»Warte«, rief ich. »Gleich.«

Ich zählte, drei – vier – fünf. Jemand meldete sich, ein Mädchen oder eine Frau, durch die Leitung klang die Stimme kratzig und elektrisch. Ich konnte mir unmöglich vorstellen, wie alt sie war, zwanzig, fünfzig. Ich wollte sie fragen, aber ich kannte nur diesen einen polnischen Satz, der nicht half. Ich hörte sie atmen; es war, als brandeten kleine Wellen an mein Ohr. Sie sagte noch ein einzelnes Wort, das nach Bedauern klang, und ich sagte »Ada?« und erschrak, und dann lauschten wir beide dem Knistern, das die Relaisstationen erzeugten oder die Satelliten.

»Klopapier!«

Ich zuckte zusammen und drückte auf die Gabel. Dann lief ich raus, setzte mich an den Fluß und küßte den Rasen, die Stelle, wo sie gelegen hatte. Ich wälzte mich im Gras und preßte die Hände auf die Ohren, als mein Vater das Fenster aufriß, schimpfte und mit den Armen fuchtelte wie eine dieser Handpuppen aus dem Kasperletheater.

Ich sprach nicht mehr mit ihm. Ich sprach mit niemandem mehr, zumindest nicht über Dinge, die mich interessierten. In der Schule meldete ich mich während jeder Stunde zweimal, sagte etwas Richtiges – das war nicht schwer, wenn unter der Bank ein aufgeschlagener dtv-Atlas lag – und schaffte es so, von den Lehrern in Ruhe gelassen zu werden.

Während der Pausen ging ich auf dem Parkplatz auf und ab. Madame Sauvage war in jener Woche zur Aufsicht eingeteilt. Wenn sie vorbeikam, erzählte ich ihr, daß ich auf jemanden wartete, und sah ihr zwischen die Augen, bis sie nicht mehr weiterfragte und ihre Runde fortsetzte. Ich hockte mich zwischen die Fahrräder und rauchte Zigarillos. Es gab eine Menge Fahrräder, manche mit Plastiktieren und Windrädern an den Lenkern, andere mit Shimano-Bremsen und pneumatischen Rock-Shox-Gabeln, deren stählerne Sicherungsbügel vermutlich mehr gekostet hatten als manche der rostigen Pandas und Fiestas auf dem Lehrerparkplatz.

Einmal kam ein dicker Typ mit einer Sporttasche vorbei. Ich stand gerade hinter der alten Birke und ritzte ein

Gedicht in den Stamm: »Vom Tod weiß ich nichts mehr/ flattert mit Faltern an Lider/und schwarze Fenstersäume/ duftet nach Lärche und Fichte/berührt jede Nacht mit Träumen...«

Der Dicke zog sein T-Shirt hoch und wischte sich damit den Schweiß von der Stirn. Dann bückte er sich neben einem anthrazitfarbenen Rennrad, öffnete die Tasche, zog einen Bolzenschneider heraus, schnitt das Schloß durch, setzte sich einfach auf den Sattel und fuhr davon.

Zwei Tage später sagte Madame Sauvage nach der Französischstunde, ich solle noch einen Augenblick warten.

»Du bist doch oft auf dem Parkplatz. Da werden manchmal Räder geklaut. Hast du vielleicht etwas gesehen?«

»Nein«, sagte ich.

Sie senkte den Blick und drückte den Daumen in das Grübchen an ihrem Kinn.

»Jemand hat dich gesehen. Ein Mädchen aus der fünften Klasse. Es hat dich gesehen, und es hat den Dieb gesehen. Du bist dagestanden und hast alles beobachtet. Das war während der großen Pause nach der vierten Stunde am Dienstag.«

Ich sagte ihr, daß sie mich am Arsch lecken könne. Sie zog ihren roten Stift hervor, öffnete das Klassenbuch und schrieb einen kurzen Satz hinein, unter den sie ihr Zeichen setzte, ein zackiges, hohes S mit einem Haken hintendran, der das v von »Sauvage« sein sollte.

Es folgte das übliche Theater, dem sonst Leute ausgesetzt waren, die ich auf dem Schulhof mied, deren

Buschmesser, Signalpistolen und Reizgassprays regelmäßig im Stahltresor der Sekretärin verschwanden. Ich wurde beim Rektor einbestellt. Die Nachricht an meinen Vater warf ich bei der Schloßbrücke in den Fluß. Ich hielt das Getue der Fünftkläßler auf dem Pausenhof aus, ihr leises Gelächter, die Tuschelei und wie sie zu Boden blickten, wenn man sich umdrehte und ihnen in die Augen sah.

Als ich am Samstagnachmittag ins Wohnzimmer kam, telefonierte mein Vater, und an der Geste, mit der er mir bedeutete, still zu sein, merkte ich, daß es um mich ging.

Ich schloß mich in meinem Zimmer ein. Ich wollte nachts zwei Flaschen Bourbon aus dem Gerätekeller trinken und dann flußabwärts zum Sperrwerk schwimmen. Man konnte auch zum Fernsehturm fahren und von der Aussichtsplattform springen. Oder man lief die Gleise entlang nach Osten, Richtung Polen, bis man schließlich müde wurde und sich auf die Schwellen legte.

Mein Vater klopfte.

»Mach auf«, sagte er.

Ich starrte an die Decke. Er schabte mit den Fingernägeln am Holzfurnier der Tür. Dann war es still, aber ich wußte, daß er noch dastand und wartete. Seine Gelenke knackten, als er in die Knie ging, um durchs Schlüsselloch zu gucken.

»Bist du da?«

Ich schwieg.

»Sie hat angerufen.«

Das klang, als hatten sich die beiden gut miteinander verstanden. Ich stellte mir vor, wie mein Vater Madame Sauvage heimlich traf, sie mittags, wenn das Menü bezahlbar war, ins Le Canard einlud und zwischen Crêpes und Käse ihre Hand berührte.

»Sie wird zurückkommen«, sagte er.

Ich drehte den Kopf zur Tür.

»Hast du gehört?«, sagte er. »Ada kommt zurück!«

18

Als ich zwei Tage später aus der Schule kam, stand neben dem Schuhschrank im Flur Adas Rucksack. Ich ging in die Küche, füllte ein Glas mit Leitungswasser und trank. Durch das geöffnete Wohnzimmerfenster hörte ich ihre Stimmen im Garten.

Sie saßen an einem Marmortisch, den ich jahrelang nicht gesehen hatte. Ada trug Schmuck, ein rotes T-Shirt und abgeschnittene Jeans, die endeten, wo ihre Schenkel in den Po mündeten. Sie hielt ein langstieliges Glas in der Hand und redete. Mein Vater saß zusammengesunken da und hörte zu. Er hatte das weiße Hemd an, das zu seinem Sommeranzug paßte. Auf dem Tisch stand der silberne Kühler aus dem Gerätekeller; er war mit Eiswürfeln gefüllt, die in der Sonne glänzten, und aus dem Eis ragte der Hals einer dunklen Flasche hervor. Ada sah traurig aus, sie schüttelte immer wieder den Kopf und zog dabei die Brauen hoch, während mein Vater sie ansah.

Ich ging in mein Zimmer und rollte mich auf dem Bett zusammen. Ich hatte dieses Gefühl, das ich von früher kannte, wenn mein Vater das Modellflugzeug reparierte – manchmal mußte der Motor auseinandergeschraubt werden, oder das Leitwerk war verklemmt: Obwohl ich wußte, daß mein Vater technisch versiert war, hatte ich Angst, er könne mit dem Schraubenzieher abrutschen und das Cockpit oder eine Tragfläche zertrümmern.

Ich lag eine Stunde da und versuchte, einzuschlafen, damit die Zeit schneller verging. Plötzlich hörte ich ihre Schritte unten im Flur. Mein Vater sagte: »Bis nachher.« Dann passierte nichts, bis nach ein paar Minuten das Garagentor quietschte. Ich lief zum Fenster und sah, wie der BMW auf die Straße bog. Ich wusch mir im Bad das Gesicht und ging runter.

Mein Vater saß am Eßtisch. Er hielt in der einen Hand einen Stift und in der anderen das Glas, an dessen Rand ich den roten Abdruck von Adas Lippenstift sah.

Vor ihm lag ein Zettel. Er hatte Zahlen darauf geschrieben, von denen manche eingekreist oder doppelt unterstrichen waren. Ich rückte einen Stuhl zurecht und setzte mich ihm gegenüber.

»Sie war bei ihrer Familie«, sagte er. »Ihr Vater ist krank. Er hat was an der Bauchspeicheldrüse.«

Ich fragte mich, ob das stimmte und was er mit ihr besprochen hatte. Vielleicht hatte sie den Umschlag geholt. Mein Vater drehte den Stiel des Glases in der Hand, stellte das Glas auf den Tisch, tauchte den Zeigefinger in die Flüssigkeit und strich dann über den Rand, bis ein Ton entstand.

»Kanntest du Max?« fragte er. »Max von der HEW?«

»Der mit dem Fagott«, sagte ich.

»Genau. Max, der Fagottspieler. Er konnte noch andere Instrumente spielen, zum Beispiel Maultrommel. Manchmal blies er ›A Fine Romance‹ auf seinem Taschenkamm, oder er füllte einfach ein paar Sektgläser mit Wasser und spielte das Adagietto aus Mahlers Fünfter Symphonie.«

Ich sah, daß er versuchte, ernst zu bleiben. Er prustete durch die Nase. Ich biß mir fest auf die Zunge, aber es half nicht, ich mußte lachen, und plötzlich lachten wir beide, obwohl ich dachte, daß dieses Gelächter so wenig mit der Glasorgel und Gustav Mahler zu tun hatte, wie Max ein begnadeter Musiker war.

»Ada ist zu ihrer Freundin gefahren. Sie holt ihre Sachen«, sagte mein Vater. »Wir haben vereinbart, daß sie fürs erste bei uns wohnen kann.«

Er steckte den Zettel mit den Zahlen in die Brusttasche seines Hemdes.

»Die Kammer im Dachboden«, sagte er. »Wenn wir die Kisten und all das Zeug in den Keller stellen, ist da Platz für einen Schreibtisch, einen kleinen Schrank und ein Bett.« Er beugte sich runter und kratzte sich am Knöchel des verbundenen Beines.

»Du hast doch nichts dagegen?«

19 Ich war schon seit einigen Jahren nicht mehr unterm Dach gewesen. In Umzugskartons, Schachteln und Tüten lagerten dort die Dinge, die meiner Mutter gehört hatten – Bücher, Wäsche, ihre Kleider, die Staffelei, das Malzeug.

Nach ihrem Tod hatte mein Vater gelebt, als sei nichts passiert. Regelmäßig hatte er Überweisungsvordrucke ausgefüllt und mich damit zur Bank geschickt – ihre Mitgliedschaften beim VfL und bei Inner Wheel, das »Merian«-Abonnement, die jährlichen Spenden an die Hamburger Kunsthalle und an ein SOS-Kinderdorf in Namibia. Ihre Kleider hingen im Schlafzimmerschrank, die Unterwäsche lag in der Kommode, und in der Dachkammer stand noch die Staffelei mit diesem Bild, auf dem man schon einen Jungen ahnte, die Augen, den Mund, die Form des Kopfes – einige zarte Bleistiftstriche und hautfarbene Tupfer. Auf einem Schemel hatten Pinsel, gequetschte Tuben und die Palette mit getrocknetem Weiß und dem hellen Braun für die Haare gelegen.

Schließlich, vor vier oder fünf Jahren, als er sich wieder mit Frauen traf, hatte mein Vater am Pfingstwochenende alles verpackt und nach oben geschafft. Er wollte sogar die Chiffonnière ihres Vaters verkaufen. Ein Auktionator aus Harvestehude hatte schon eine Schätzung gemacht, aber als Hans von der HEW mit seinem Kleintransporter kam, hatte er nur mit ihm gegrillt und ihn am Abend heimgeschickt. Die Nacht hatte er allein auf der Terrasse verbracht. Ich hatte am offenen Fenster gelegen, seinem Schweigen gelauscht und die trockenen Plopps der Weinkorken gezählt. Am nächsten Tag war er noch einmal auf den Dachboden gestiegen, hatte ihr Necessaire und die Parfumflacons geholt und die Sachen wieder an ihren alten Platz im Bad gestellt. Ich wußte, daß er sich damals mit dem Betriebsarzt der HEW duzte und mit ihm an den Wochenenden nach St. Pauli ging und daß der Betriebsarzt ihm einmal im Monat diese Tabletten verschrieb.

Im Laufe der Zeit hatte er sich immer mehr auf die HEW konzentriert. Er sprach von seiner Arbeit wie von einer Geliebten. Er gab es auf, den Pariser Makler anzurufen, sich für Stellen in Bordeaux oder in Marseille zu bewerben. Zuletzt hatte er die gerahmte Photographie meiner Mutter, auf der sie schon mager und blaß war und sich am Stamm einer Weide stützte, zwischen den Aktenordnern in seinem Büro verschwinden lassen.

Die Treppenstufen knarzten; ich hatte Angst, daß sie nachgeben würden. Mein Vater drehte den Schlüssel im Vorhängeschloß der Sperrholztür und rüttelte, bis sie aufging. Ein Schwall feuchter Luft kam uns entgegen. Es roch nach vermodertem Laub.

»Gott«, sagte mein Vater. Er lehnte die Krücken gegen die Wand und tastete nach dem Lichtschalter. Plötzlich mußte ich würgen.

»Der Strom geht nicht«, sagte er. »Wahrscheinlich ein Kurzschluß.«

Ich holte den Bauscheinwerfer und ein Verlängerungskabel aus dem Keller. Mein Vater stellte den Scheinwerfer auf den Bretterboden. Ich nahm das Kabel, ging runter ins Bad und steckte den Stecker in die Dose. In dem Moment, als das Licht anging, hörte ich meinen Vater stöhnen. Ich hielt mir die Nase zu und stieg wieder hoch. Zuerst glaubte ich, die weiße Schicht an den Wänden und auf den Kartons sei Staub.

»Da«, sagte mein Vater. Er deutete auf die feuchten Flecken an der hinteren Dachschräge. Neben dem Schornstein war ein Loch, durch das man die Wolken sehen konnte. Ich hörte die Mäuse laufen, das Scharren ihrer winzigen Krallen.

»Dahinter hat sich das Wasser gesammelt«, sagte mein Vater. Er deutete mit seiner Krücke auf die silberne Isolierfolie. »Und durch das Loch da oben ist es reingelaufen. Wie lange haben wir hier nicht gelüftet? Zwei Jahre? Drei?«

Wir saugten die Schimmelbeläge mit dem Staubsauger weg. Ich trug alles in den Garten: aufgeweichte Pappkartons, die brachen und zerfielen, Tüten, in denen das Wasser stand, zerfressene Notenhefte. Mein Vater breitete den Inhalt der Kartons auf dem Rasen aus, feuchtes Papier, durchweichtes Leder, muffige Wäsche. In einer stinkenden gelben Bluse lag ein toter Marder. Er stieß ihn mit der Krücke weg.

»Hol einen Spaten«, sagte er.

Er schippte den Marder in den Fluß, schüttelte seinen Kopf und ließ sich neben einem Haufen Strumpfhosen ins Gras fallen.

»Was sind wir für Leute«, sagte er.

Ich trug noch einige Koffer, einen Nachttisch und ein paar Bilder runter, die meine Mutter als Studentin in Tübingen gemalt hatte. Der Schimmel saß auf den Leinwänden wie auf einer Scheibe Brot.

Schließlich war die schmale Tür frei, hinter der die Kammer lag. Vor dem Krieg hatte dort das Dienstpersonal gewohnt. Ich konnte mich an die Waschschüssel und an den Nachttopf erinnern und an das leere Bettgestell, in dem meine Mutter »Vogue«, »Art« und all die anderen Magazine gesammelt hatte.

Mein Vater stemmte die Tür mit einer Eisenstange auf. Ich holte den Bauscheinwerfer.

»Leuchte da rüber«, sagte er.

Der Schimmel war durch die Ritzen gewandert. Er bedeckte sogar das kleine Fenster, durch das man sonst den Fluß sah. Unter einem zerfressenen Laken zeichnete sich die mannshohe Silhouette der Staffelei ab. Mein Vater mußte husten.

»Hol mir ein Bier«, sagte er. »Nein. Hol ein Glas Wasser.«

Er wischte sich mit dem Hemdsärmel über die Augen und strich sein Haar aus der Stirn. Ich lief ins Bad und füllte Wasser in einen Zahnputzbecher.

»Gut«, sagte mein Vater. Er trank den Becher in einem Zug leer. Wir starrten in die Kammer, auf den weißgrauen

Belag, der den Holzboden bedeckte, die Möbel und die Zeitschriftenstapel.

»Es hat keinen Sinn«, sagte er. »Wir müssen das alles wegschmeißen.«

»Und wenn wir einfach rausgehen und die Tür wieder zumachen?«

Er prustete. Ein dünner Faden hing ihm aus der Nase.

»Du hast Ideen«, sagte er. »Dann kommt der Moder im Herbst durch die Decke in unsere Schlafzimmer.«

Unten klingelte es.

»Da ist sie schon«, sagte mein Vater.

Ich rannte runter und machte die Tür auf. Ada stand da, sie war schmal geworden und hatte dunkle Augenränder. Über der Schulter trug sie eine große Reisetasche.

»Und«, sagte sie. »Wie geht's?« Ihre Stimme klang heiser.

»Gut«, sagte ich. »Und dir?«

»Wunderbar«, sagte sie. »Quatsch. Schlecht. Du kennst das Gefühl, oder?«

Ich wollte sie umarmen, aber ich riß mich zusammen und trug die Tasche ins Wohnzimmer. Sie kam mit schnellen, leisen Schritten hinter mir her.

»Dein Vater«, sagte ich.

Sie verschränkte die Arme vor ihrem Bauch.

»Ich meine, seine Bauchspeicheldrüse. Da hat er was.«

»Unter anderem.«

Ihre Füße steckten in Turnschuhen. Sie trug eine Trainingshose und einen braunen Parka. Ihre Lippen waren gesprungen und trocken.

»Grüße von Agnieszka. Ich habe mein Zeug bei ihr abgeholt. Sie hat mir erzählt, daß du sie besucht hast.«

Ich sah zu Boden. Ada stand still; ich konnte sie nicht mal atmen hören. Manchmal glaubte ich, daß man blamable Ereignisse abhaken könne oder daß sie gar nicht passierten, solange man einfach schwieg, aber Erwachsene witterten sie wie ein Hund die Ausscheidung seines Welpen.

Schließlich trat sie ans Fenster.

»Was ist denn da passiert!«

»Das Dach ist undicht«, sagte ich. »Der Regen ist reingelaufen.«

Sie lehnte sich so weit hinaus, daß ich Angst hatte, sie würde fallen. Sie trug keine Socken, und ich sah ihre nackten Achillessehnen.

»Ist das alles von deiner Mutter?«

»Ja«, sagte ich.

»Und deine Mutter wohnt noch immer bei der Tante, die Obstbäume züchtet?«

Mein Magen knurrte.

»Nein«, sagte ich. »Meine Mutter ist tot.«

»Ich weiß.« Sie zuckte die Schultern. »Dein Vater hat es mir erzählt.«

Plötzlich stand er im Wohnzimmer. Sein Hemd und die Hose waren dreckig, und an den Schläfen klebte Staub, an Stellen, wo er sich gekratzt hatte.

»Hat alles geklappt?«

Ada nickte. Mein Vater nahm ihr den Wagenschlüssel ab, hielt ihn mir hin und sagte, ich solle das restliche

Gepäck und ihren Computer aus dem Kofferraum holen, in einem Ton, der kaum Zweifel ließ, wer von uns beiden der Boß war.

Dann sagte er: »Laß dir Zeit. Am besten, du ißt erst mal was.« Er strich mir mit seiner dreckigen, rauhen Hand über den Kopf.

»Vorher mache ich im Garten klar Schiff.«
Er sah mich an.
»Nein, du ißt jetzt was. Und dann wirst du das Gepäck holen.«

Ich ging in die Küche, nahm die letzte Banane aus dem Obstkorb und warf sie draußen ins Gebüsch. Dann ging ich ums Haus herum, riß das Garagentor auf, setzte mich in den Wagen und drehte den Schlüssel im Zündschloß. Die Digitalanzeige des Radios begann zu leuchten, aber auf sämtlichen Kanälen war nur dieses Rauschen zu hören. Ich wußte, daß das am Stahlbeton lag, aus dem die Garage gebaut war. Ich wollte den ersten Gang einlegen, aufs Gas drücken und den Rasenmäher samt unseren Schneeschiebern, Besen und Harken an der Wand zermalmen.

Ich schaltete die Lüftung ein, klinkte den Aschenbecher aus und betrachtete die Kippen, ein schief gewachsenes gelbes Gebiß. Ich nahm sie einzeln heraus, schloß die Augen, hielt mir die Nase zu, dachte an Adas Mund und leckte den Lippenstift von den Filtern.

»Sie schläft auf dem Sofa«, sagte mein Vater. »Wir werden schon eine Lösung finden.« Er nickte ihr zu und setzte eine alberne Miene auf.

»Und die Kammer«, sagte sie. »Wenn ich da oben putze?«

»Da kriegt man Asthma«, sagte mein Vater. »Nur die Ratten halten das aus.« Er sah sie an, dann sah er mich an, und dann sah er aus dem Fenster, auf die schimmeligen Kleiderhaufen und die Kartontürme.

»Es wird bald dunkel«, sagte er. »Wir sollten das Zeug an die Straße schaffen. Montag sorge ich dafür, daß alles abgeholt wird.«

20

Sie war ins Klavierzimmer eingezogen. Die meiste Zeit saß sie an ihrem Computer und tippte. Wenn ich abends ins Bett ging, setzte sie frischen Kaffee auf, und manchmal, wenn ich mich morgens auf den Schulweg machte, sah ich von draußen noch das Grün des Monitors durch die Gardinen schimmern. Einmal pro Woche schickte sie einen Stapel Papier an Philipps. Ihre T-Shirts, Hosen und Röcke lagen in Stapeln auf dem Klavier, aufgeschlagene Lexika und Zettel bedeckten das Parkett. Nachmittags saß sie beim Fluß im Gras und rauchte Zigaretten. Ich stand am Fenster und sah ihr zu, und neben mir stand mein Vater, auf seine Krücken gestützt.

»Sie braucht ein Bett«, sagte er. »Ein schönes Bett. Und einen Schrank, verstehst du, was richtig Modernes.«

Wenn Ada im Haus war, hielt er sich meist in ihrer Nähe auf. Ich wollte allein mit ihr sprechen, ihr den Skorpion geben, aber es kam mir so vor, als ob er sie bewachte.

»Wir kaufen ein paar Möbel«, sagte er, »montieren Jalousien ... wie wär's mit einem bunten Teppich? Mit einem Fernseher?« Er überlegte. »So ein Flacher auf einem Sockel, ein Bang und Olufsen oder ein Loewe!«

»Ich weiß nicht«, sagte ich. »Und wenn sie wieder wegfährt? Wer wird dann in dem Zimmer wohnen?«

»Ada bleibt«, sagte mein Vater. »Sie kann für uns den Haushalt regeln und hat genug Zeit, ihre Übersetzungen zu schreiben.« Er zog den Bund seiner Hose hoch und steckte das Hemd rein.

»Ihr Vater ist krank«, sagte er. »Sie hat einen Freund, vielleicht sind die beiden sogar verlobt. Er hat was studiert, Politik, glaube ich, und jetzt ist er irgendwo Koch.«

Ada hatte fertiggeraucht. Sie sah zu uns rüber und winkte. Mein Vater winkte zurück.

»Sie hält ihre Leute über Wasser, und wir sorgen für sie«, sagte er.

Ich fragte mich, warum Ada ihm das alles erzählt hatte, Dinge, die sie vor mir geheimhielt.

»Komisch«, sagte ich. »Als ob man irgendwo noch eine zweite Familie hätte.«

»So kann man das sehen«, sagte mein Vater, aber ich spürte, daß ihm der Vergleich nicht gefiel.

Eine Woche später steckte ein großer Umschlag im Briefkasten. Adas Name stand mit Filzstift über unserer Adresse geschrieben. Es waren die Gedichte, die sie übersetzt hatte. Der Verlag im Schanzenviertel hatte sie abgelehnt. Der Verleger war mit Ada ins Schauspielhaus gegangen, hatte sie zu Shrimps und Chablis ins Rive eingeladen, ihr sonstwas versprochen, und nun saß sie im Schneidersitz auf der Couch und las mir die Absage vor, sechs maschinengeschriebene Zeilen, darunter die Unterschrift des Verlegers: »Herzlich, Dein Markus«.

Sie zerknüllte den Zettel und warf ihn auf den Boden. Dann knallte sie den Stapel mit den Gedichten auf den Tisch, steckte sich eine Zigarette an und und sagte

»Scheiße«. Ich hatte sie bis dahin noch nie fluchen gehört.

Am Abend nahm sie das Telefon und ging ins Klavierzimmer. Sie schrie auf polnisch; ich hörte es durch die geschlossene Tür. Später kam sie raus und stellte das Telefon zurück, und an ihrer zerlaufenen Wimperntusche sah ich, daß sie geweint hatte.

»Du weißt doch«, sagte mein Vater. Er saß in seinem Sessel. »Henry Miller hat eine Zeitlang Reste aus dem Abfall gegessen. Sag das deinem Jurek. Er muß noch einiges lernen! Komm, trink erst mal ein Bier.« Er deutete auf den Sessel. »Es gibt ein schönes Sprichwort von Hermann Hesse, kennst du das? Ich habe einen Aufsatz darüber geschrieben, als ich so alt war wie der da.« Er nickte in meine Richtung. »Was der Künstler sich wünscht, ist ja nicht Lob, sondern Verständnis für das, was er angestrebt hat, einerlei, wieweit sein Versuch gelungen sei.« Er lachte. »Ich schreib es dir auf. Dann kannst du es übersetzen und deinem Jurek schicken. Ach, und Helmut Schmidt hat gesagt...«

Ada wandte sich ab. Sie lief hinaus und knallte die Tür zu.

21 Ich kaufte fürs Wochenende Konserven, Brot und Äpfel und trug vom Supermarkt zwei große Tüten nach Hause. Vor unserem Gartenzaun stand dieser fremde Wagen, ein schwarzer Volvo Kombi mit einer Schramme im hinteren Kotflügel. Auf dem Beifahrersitz lagen zwei Päckchen Pfeifenputzer und ein Filzhut mit breiter Krempe.

Als ich die Haustür aufschloß, hörte ich, wie mein Vater sich mit jemandem unterhielt. Ich stellte die Tüten ab, wusch mir in der Küche die Hände, nahm eine Fernsehzeitschrift aus der Kiste für Altpapier und tat, als wollte ich sie im Wohnzimmer auf den Couchtisch legen.

»Ach«, sagte mein Vater. »Das ist mein Sohn.«

Auf dem Sofa saß ein Mann. Er war viel älter als mein Vater, an seiner Stirn sah ich einige dieser gallefarbenen Flecken. Er hatte kleine Augen und eine aufgetriebene Nase mit ziemlich großen Poren, und an seiner Weste baumelte die Kette einer Taschenuhr. Vor ihm standen der Süßstoffspender und eine geblümte Tasse. Vor meinem Vater stand ein Bierglas; er hatte es mit Wasser gefüllt.

Ada und ich hatten sämtliche Bierkästen in den Vorgarten geschleppt, sie ins Auto geladen und zum Getränkemarkt gebracht. Der Besitzer, mit dem mein Vater zwei Semester studiert und während der Freistunden in der Mensa Backgammon gespielt hatte, zahlte sogar den Kaufpreis zurück. Was an Schnaps in der Küche stand – Kümmel, Aquavit, Wacholder und ein verstaubter Brandy aus dem Bestand meines Großvaters –, hatten wir in den Ausguß gekippt und die Flaschen zum Altglascontainer gebracht.

»Guten Tag«, sagte der Mann. Er drückte sich vom Sofa hoch und ließ sich gleich wieder zurückfallen.

»Das ist Herr Augustin«, sagte mein Vater. »Er ist wegen der Möbel da. Er war gerade mitten in einer Geschichte. Erzählen Sie weiter, Herr Augustin.«

Ich wußte nicht, was für Möbel mein Vater meinte.

Herr Augustin sprach langsam, riß die Augen auf, wiederholte einzelne Wörter. Es schien schon seit einiger Zeit so zu gehen. Mein Vater preßte die Lippen zusammen und unterdrückte ein Gähnen.

Während des deutschen Rückzuges war Herr Augustin irgendwo am Ufer des Dnjepr auf eine Mine getreten und hatte sein Bein verloren. Wochen später hatte er sich mit ein paar Gefreiten auf den Weg nach Hamburg gemacht. Am Rand des Sachsenwaldes begegneten sie einem Wildschwein, erlegten es – »auf Krücken und mit bloßen Händen«, rief Herr Augustin und hielt seine dürren Finger hoch. Am gleichen Abend tauschten sie in der Stadt ein paar Pfund Schweinefleisch gegen Tabak, Wäsche und ein Holzbein. Es war ein Stück zu lang gewesen. Herr Augustin besaß keine Säge, er hatte gar nichts mehr besessen, nur seinen Willen, seinen Mantel, einen durchgelatschten Stiefel und dieses überlange Stück Holz. Man gab ihm die Adresse eines greisen Restaurateurs; er humpelte dort vorbei und legte das Bein auf den Ladentisch. Die beiden kamen ins Gespräch, der Restaurateur fand Gefallen an ihm und ließ ihn fortan die Drechselbank in seinem Werkraum bedienen.

»Dolle Geschichte«, sagte mein Vater.

»Warten Sie«, sagte Herr Augustin. »Es kommt noch besser!«

Ich ließ die beiden allein. Vielleicht war Herr Augustin einer unserer früheren Nachbarn, oder er hatte irgend etwas mit der HEW zu tun. Er gefiel mir nicht, zumal er nach ranziger Butter roch. Ich stellte mir vor, wie er im Wald auf einem Bein einen Keiler verfolgte, sich auf ihn warf, die Stoßzähne packte und ihm das Genick brach. Dann fiel mir ein, daß mein Vater sich langweilen mußte, daß er sich während der letzten Tage Mühe gegeben hatte und daß es richtig wäre, wenn ich mich dazusetzte.

Sie waren in den Keller gegangen. Mein Vater hatte das Licht angeschaltet; sie standen vor Großvaters altem Schreibtisch. Herr Augustin öffnete die Schubladen und zeigte auf einen Wasserfleck. Mein Vater erklärte ihm, wie er im Winter nach unserem Rohrbruch alles getrocknet und im Sommer die Holzwurmlarven mit Xylamon vertrieben hatte.

»Selbst wenn er schadlos wäre«, sagte Herr Augustin und strich mit der Hand über die Tischplatte, »könnte ich Ihnen nicht mehr als vierhundertfünfzig dafür geben.«

»Sehen Sie sich die Arkaden an«, sagte mein Vater und ging in die Knie, als wollte er den Tisch beschwören, ein Geheimnis zu offenbaren.

»Aufgeklebt«, sagte Herr Augustin. »Ein Stilbruch, wenn auch dezent.«

Seine Augen funkelten. Etwas war passiert. Er hatte sich von dem alten Kerl, der seine Geschichten zum besten gab, in einen Richter verwandelt; mein Vater kniete zu seinen Füßen und wartete auf das Urteil.

»Vierhundertachtzig«, sagte Herr Augustin.

Seine Weste war hochgerutscht; ich sah seine Hosenträger. Er zog ein fusseliges Bonbon aus der Tasche und steckte es sich in den Mund.

Ich versuchte, meinem Vater ein Zeichen zu geben; ich wollte, daß er aufstand und Herrn Augustin ins Gesicht sah.

»Man riecht die Feuchtigkeit noch«, sagte Herr Augustin.

»Es ist nicht leicht, hier unten zu lüften«, sagte mein Vater und zuckte die Schultern.

»Darf ich die Chaiselongue sehen?«

Endlich stand mein Vater auf.

»Kommen Sie«, sagte er. »Kommen Sie mit in den Arbeitsraum.«

Ich folgte ihnen durch die Waschküche. Mein Vater hielt einige Handtücher und Unterhosen beiseite, die Ada kreuz und quer über die Plastikleinen gehängt hatte.

»Tut mir leid«, sagte er. »Die Haushälterin hat gewaschen.«

»Fleißig«, sagte Herr Augustin, duckte sich und streckte seinen zitternden Arm nach meinen gestreiften Shorts aus.

»Hier«, sagte mein Vater. Er schloß die Tür zum Arbeitsraum auf und schaltete das Licht an.

Über den Duft der Wäsche legte sich Lösungsmittelgeruch. Zeitungen und fleckige Plastikfolie bedeckten den Boden. Die Chaiselongue stand mit frisch bezogenem Polster in der Mitte des Raumes, jeder ihrer Füße auf einem vergilbten Band des Konversationslexikons meines Großvaters. Auf einem kleinen Schemel lagen eine Dachshaarbürste, eine Dose Wachs und ein angebissenes Käsebrot.

Mein Vater führte Buch über den Verschleiß des Zubehörs. Manchmal fuhr er zum Baumarkt und zum Geschäft für Künstlerbedarf, um die leeren Haken, Kästen und Laden wieder zu füllen. Nach dem Tod meiner Mutter hatte er nächtelang in dem kleinen Raum gesessen, im Schneidersitz auf einem Kissen am Boden. Wenn ich ihm Trockenpflaumen und ein Glas Wasser brachte, brannte ein Teelicht, und aus dem Schalltrichter seines alten Grammophons kamen eine gregorianische Motette oder das Ave Maria.

Herr Augustin räusperte sich und ging um die Chaiselongue herum. Mein Vater steckte seine Hände in die Hosentaschen, zog sie wieder heraus, strich sich über die Oberlippe und rückte seinen Kragen zurecht.

»Das ist nach meinem Verständnis Trödel«, sagte Herr Augustin. »Hundert, maximal hundertfünfzig.«

»Verstehe«, sagte mein Vater, obwohl das, glaube ich, nicht stimmte.

»Wissen Sie«, sagte Herr Augustin, »diese Bücher da«,

er beugte sich vor und deutete auf das Konversationslexikon, »sind wahrscheinlich mehr wert.«

»Wahrscheinlich«, sagte mein Vater.

»Das war es, was Sie mir zeigen wollten?«

»Ja«, sagte mein Vater. »Genau.«

»Nun«, sagte Herr Augustin. »Ich habe Sie wohl enttäuscht.« Er grinste uns an. »Sie werden entschuldigen. Ich habe noch einen Termin mit einem Sammler aus Kopenhagen.«

»Ich bringe Sie hoch«, sagte mein Vater.

»Es gibt wohl eine Toilette?«

Im Gästeklo stand noch eine verschimmelte Kiste vom Dachboden. Ich führte ihn in den ersten Stock zu unserem Bad bei den Schlafzimmern. Er drehte den Schlüssel im Schloß, und ich ging wieder runter. Während wir warteten, wippte mein Vater von der Krücke auf sein gesundes Bein und wieder zurück.

»Du willst die Möbel verkaufen.«

»Ja«, sagte er. »Ich erklär's dir, wenn er wieder weg ist. Ich dachte, du kommst erst später aus der Stadt zurück.«

Nach einer Weile knackte die Klinke der Badezimmertür.

»Was ist denn das«, rief Herr Augustin.

Wir gingen rauf. Er stand vor der halboffenen Tür zum Schlafzimmer meines Vaters.

»Entschuldigen Sie, ich weiß, es steht mir nicht zu, aber...«

»Keine Sorge«, sagte mein Vater. »Gehen Sie ruhig hinein.«

Wir folgten ihm. Die muffige Luft schien ihn nicht weiter zu stören. Er ging um das Bett herum und stoppte vor der Chiffonnière, die auf drei ihrer Beine und einem Holzblock stand.

»Die ist wunderbar«, sagte er.

»Finden Sie«, sagte mein Vater.

»Wo ist das vierte Bein?«

»Es war der Länge nach gebrochen. Ich habe es abmontiert und geleimt.«

»Wenn sie all ihre Beine hätte, könnte ich Ihnen sicher ein paar Tausend dafür geben.«

»Ich weiß nicht«, sagte mein Vater. »Eigentlich ist sie unverkäuflich. Ich meine, sie ist unser bestes Stück. Sie hat meiner Frau gehört, seiner Mutter.« Er sah mich an. »Und wenn ich tot bin, sollst du sie haben. Du willst sie doch, oder?« Er leckte sich die Lippen. »Wieviel, sagten Sie?«

»Zwanzigtausend.«

Nun sahen mich beide an: Herr Augustin mit von den Gläsern seiner Brille vergrößerten, in Falten gebetteten Augen, die trotz dieser Spuren des Alters blitzten, und mein Vater mit Augen, die matt und rot geädert waren. Neben diesem alten Mann, der zitterte und schlecht roch und seine Geschichten zum besten gab, wirkte mein Vater bemitleidenswert.

Oft wußte ich nicht genau, was ich wollte, und wenn ich es wußte, fiel mir schwer, es vor anderen auszusprechen. Dieses eine Mal hatte ich kein Problem damit.

»Ich will sie behalten«, sagte ich.

Herr Augustin verzog seinen Mund.

»Das solltest du dir, glaube ich, überlegen«, sagte mein Vater. »Was kannst du schon damit anfangen!«

»Hören Sie«, sagte Herr Augustin. »Es ist heiß heute. Sich von so einem Stück zu trennen ist fast wie die Trennung von einer Frau.« Er lachte. »Vielleicht nicht ganz.«

»Bestimmt nicht«, sagte mein Vater. »Oder doch, ich meine, besser, man löst sich, bevor ...«

Er zögerte, und ich konnte sehen, daß er traurig wurde. »Der Junge. Er hängt einfach an dem Ding.«

Als mein Vater schluckte, drehte Herr Augustin sich um.

»Rufen Sie mich an«, sagte er.

Wir begleiteten ihn nach unten. Mein Vater wollte zuerst an der Tür sein, aber Herr Augustin hatte schon seine Hand auf die Klinke gelegt.

»Vielen Dank«, sagte mein Vater. »Danke für Ihre Mühe.«

»Nichts zu danken«, sagte Herr Augustin, und er hatte recht: Es schien wirklich nichts zu geben, wofür mein Vater sich bei diesem Mann bedanken mußte.

Wir sahen ihm nach, bis er durchs Tor war. Mein Vater winkte.

»Ich melde mich«, rief er. »Bis dann! Schönes Wochenende!«

Aber Herr Augustin war schon bei seinem Wagen und hörte ihn nicht, oder er tat so, als hörte er nichts. Vielleicht aus Hochmut, dachte ich.

22

Nachts lag ich wach. Ich drehte mich auf die Seite, dann auf die andere Seite, und als ich mich zwang, an nichts mehr zu denken oder an Dinge, die ich in solchen Momenten für das Nichts hielt – ein schwarzes Loch, eine weiße Wand, das Wort »nichts« in Buchstaben, die aus Luft bestanden: Da begann Ada zu husten. In einer alten Ausgabe des »Journal of Modern Physics« hatte ich diesen Begriff gelesen, »repetitive Salven«. Wie konnten solche Geräusche aus dem Hals einer Frau stammen? Ich stand auf, setzte mich ans Fenster und sah in den Himmel, zum Halbmond, der durch die dünne Schicht schwarzblauer Wolken schien. Sie ging in die Küche – der Boden dort knarzte lauter als der im Wohnzimmer – und drehte den Wasserhahn auf. Dann schneuzte sie sich und hustete wieder. Ich wußte, daß in der Küche keine Taschentücher waren, nur das spröde Haushaltspapier und die Putzlappen unter der Spüle. Ich schaltete das Licht ein, zog meine Hausschuhe an, nahm ein Päckchen Tempos aus der Schublade meines Nachtschranks und schlich die Treppe runter.

Durch die halboffene Tür fiel Licht aus der Küche in den Flur. Ich sah an mir herab und dachte, daß ich besser den Bademantel über die Unterhose gezogen hätte. Wieder hustete Ada, diesmal kam das Geräusch aus dem Wohnzimmer. Ich schlich zur Küchentür und lugte um die Ecke.

Am Herd stand mein Vater in einem Unterhemd und der Pyjamahose. Er starrte auf einen Topf mit kochendem Wasser, summte und schwang die Arme, als würde er dirigieren. Neben dem Herd stand unser alter Servierwagen mit einer Zuckerdose, der Milchkanne und einem Honigglas. Mein Vater humpelte zum Regal, nahm eine Tasse und einen Löffel, stellte die Tasse neben die Milch und steckte den Löffel in den Honig. Er ließ einen leisen Furz. Ich wollte zurück in mein Zimmer schleichen, aber plötzlich hustete Ada wieder, und mein Vater drehte sich um. Er sah mir direkt ins Gesicht.

»Ah«, sagte er. »Auch einen Tee?«

»Das hier«, flüsterte ich und hielt die Taschentücher hoch. »Ich wollte Ada das bringen.«

»Du mußt nicht flüstern«, sagte er. »Alle sind wach. Hast du schlecht geträumt?«

»Der Husten«, sagte ich.

»Ja«, sagte mein Vater. »Sie hat, glaube ich, eine Sommergrippe. Geh ruhig und bring ihr die Tempos. Sie kann sie gut gebrauchen.«

Ich ging ins Wohnzimmer. Ada lag auf der Couch, gehüllt in zwei Wolldecken, die Augen geschlossen, das Haar verklebt an den Wangen und ihrer Stirn. Sie atmete mit offenem Mund, und aus ihrer Brust kam ein leises Brodeln. Obwohl nach dem heißen Tag noch schwüle Luft im Wohnzimmer stand, trug sie einen Strickpullover und ein Halstuch. Ich kannte das Halstuch von früher; mein Vater hatte es meiner Mutter in München bei Loden-Frey gekauft. Der Pullover gehörte ihm selbst; er trug ihn im Winter zum Langlauf. Ich ging näher heran und raschelte mit der Tempo-Packung, bis ihr Gesichtsausdruck verriet, daß sie wußte, daß ich da war. Ich setzte mich auf den Boden und legte den Kopf auf ihren Arm, der warm und weich war und nach Eukalyptusbalsam roch.

»Laß mich bitte«, sagte sie.

Ich zog den Kopf zurück und stand auf.

»Ich hab dir nur Tempos gebracht«, sagte ich.

Sie öffnete ihre Augen und blinzelte in die Stehlampe, dann hob sie die Hand, hielt sie gegen das Licht und sah mich an.

»Ach«, sagte sie. »Du bist es.«

Der Servierwagen klirrte. Ada rieb sich mit einem Zipfel des Halstuchs den Schweiß von der Stirn. Mein Vater schob den Servierwagen neben die Couch und schenkte Tee ein. Er zitterte, obwohl er die Thermoskanne mit zwei Händen hielt.

»Zucker oder Zitrone?«

»Nichts«, sagte Ada.

»Also Zitrone«, sagte mein Vater.

Er preßte einen Zitronenschnitz über der Tasse aus.

»Heiß«, sagte er. »Warten wir ein bißchen.«

Er nahm mir das Päckchen aus der Hand und legte es auf Adas Brust.

»Hier, fürs Näschen«, sagte er.

Ada räusperte sich und drehte sich von uns weg. Mein Vater nahm das Thermometer, das vor der Couch auf dem Boden lag, hielt es ins Licht und strich mit den Fingern über Adas Ellenbogen.

»Hast du noch mal gemessen?«

Er führte das Thermometer zur Nase, roch und sah mich an.

»Hat sie noch mal gemessen?«

Ich zuckte die Schultern.

»Ich weiß was«, sagte er. »Wadenwickel! Einen Moment. Bin gleich wieder da!« Er zog den Bund der Pyjamahose hoch und ging zurück in die Küche.

Ich hätte gern gewußt, was sie in dem Moment dachte. Gleichzeitig fürchtete ich mich davor. Vielleicht versuchte sie, mit ihrem Körper eine geheime Sprache zu sprechen, wandte sich ab, um berührt zu werden, und hob unter der Decke ihr Knie, um mir zu signalisieren, daß ich bleiben sollte.

Ich beugte mich vor und betrachtete ihren hellen Nakken, atmete laut und im gleichen Rhythmus wie sie, damit sie spürte, daß ich noch immer ein paar Zentimeter entfernt auf dem Parkettboden saß. Da waren zwei kleine Leberflecken, ein roter Kratzer und die Stelle, wo das Haar begann, wo es sich kräuselte und in Wirbeln aus der Haut wuchs. Draußen fuhr ein Auto vorbei, und dann war es still im Haus bis auf das Knacken im Gebälk und unsere Atemzüge im Gleichklang.

»Wer hat hier Wadenwickel bestellt«, rief mein Vater mit Fistelstimme. Er hatte sich feuchte Spültücher über den Arm gehängt wie ein Kellner.

»Ach, jetzt erinnere ich mich. Die junge Dame war's!«

Er blieb am anderen Ende der Couch stehen und schlug die Decke zurück.

»Hau ab«, sagte Ada.

Mein Vater umfaßte ihren Knöchel und hob das Bein hoch.

»Sie will nicht«, sagte ich.

»Sie muß«, sagte er mit der Kellnerstimme und zog am Bund ihres Sockens. Er streifte den Socken vom Fuß, schüttelte ihn aus, hängte ihn über die Lehne der Couch und griff nach dem anderen Bein.

Plötzlich begann Ada zu strampeln. Mein Vater zog den Kopf zurück, aber sie erwischte ihn mit den Zehen am Auge.

»Hau ab!« rief sie. »Hau ab!«

»Ada«, sagte ich.

Mein Vater ließ die schweren Tücher auf ihre nackten Beine fallen und warf die Decke darüber. Dann schob er mich vor sich her aus dem Zimmer.

»Was ist«, sagte ich. Ich hatte Angst.

Er zwinkerte mir zu.

»Du weißt schon. Mädchen«, flüsterte er so laut, daß Ada es hören konnte.

23   Am späten Dienstag nachmittag bestellte mein Vater ein Taxi.

»Pst!« Er preßte den Zeigefinger auf seine Lippen. »Glaub mir, Ada wird sich fühlen wie eine Prinzessin. Wir werden ihr die Augen verbinden. Wir führen sie mit verbundenen Augen in ihr neues Reich!«

Er stellte einen warmen Topf voll Haferschleim neben die Couch und erzählte Ada, daß er beim Arbeitsamt vorsprechen müsse. Sie nickte, obwohl er in seinem gelben Pulli und den Bermudas eher aussah wie ein Tourist, der zu einer Hafenrundfahrt aufbrach. Kurz darauf hupte draußen das Taxi.

Auf halbem Weg zur Straße drehte mein Vater sich plötzlich um, humpelte noch einmal zurück und schloß die Haustür ab.

»Damit sie, während wir weg sind, nicht geklaut wird«, sagte er.

»Moin«, sagte der Taxifahrer.

»Moin moin«, sagte mein Vater. »Wir möchten zu Möbel Bernbeck.«

Ihre Haut war weiß geworden wie der Bezug des Kopfkissens. Sie hatte die letzten Tage auf der Couch und auf dem Klo verbracht. Mein Vater hatte alte Platten von Dinah Washington aufgelegt, deren Gesang Adas Würgen und die anderen Geräusche übertönte.

»Was sie braucht, sind Ruhe, Tee und Eukalyptusbalsam. Und ein bißchen Liebe«, das sagte er, wenn ich ihn bat, Doktor Hoffmann zu holen.

»Hoffmann ist ein alter Knochen. Du weißt, wie er damals versagt hat.« Er meinte das Jahr, bevor meine Mutter in die Klinik gekommen war, und es störte ihn kaum, daß in Adas zerknüllten Tempos, die ich morgens zum Müll trug, nicht nur zäher Schleim, sondern auch Blut war.

Als wir über den Pfingstberg fuhren, wies ich ihn wieder darauf hin. Ich glaubte, er hätte zumindest vor dem Taxifahrer Respekt.

»Das kommt vom Zahnfleisch«, sagte mein Vater. »Ich habe sie gefragt. Ihr Zahnfleisch, verstehst du, es ist labil. Polnisches Zahnfleisch!« Er drehte sich zu mir um und lachte, kurbelte dann die Scheibe runter, ließ seinen Arm nach draußen hängen und siebte mit den Fingern die Luft.

»Komm schon«, sagte er, »zieh nicht so ein Gesicht. Genieß die Sonne!«

Als wir auf dem Parkplatz standen, bezahlte mein Vater, und wir stiegen aus. Der Fahrer kam um den Wagen herum und reichte ihm die Krücken. Ich hakte den Arm unter seine Achsel und half ihm aus dem Sitz.

Früher war meine Mutter mit mir zu Möbel Bernbeck gefahren, um die Tische von Knoll, die Eames-Stühle und die Spiegelschränke von Keith Ambrosi anzuschauen. Inzwischen bestand der Laden aus Glas, und der Name Bernbeck war in eine breite Platte aus poliertem Granit gehauen, die neben der Drehtür im Kies stand.

»Häßlich«, sagte mein Vater. »Aber sie sind die besten.«

Er zog einen Taschenkamm hervor, klappte ihn auseinander, kämmte sich damit die Haare und strich seinen Pulli glatt. Ich bückte mich, um die Senkel meiner Turnschuhe zuzubinden.

»Nächstes Mal ziehst du deine Stiefel an«, sagte er.

Wir gingen rein. Ich blockierte die Drehtür mit dem Fuß, bis er nachkam. Der Schauraum roch nach Vanille und Leder. In der Mitte stand einer dieser schlichten japanischen Brunnen, und durch zwei gläserne Deckenkuppeln fiel Sonnenlicht auf die Möbel.

Ich spähte nach der Quelle der leisen Triangelmusik. Anscheinend waren die Boxen in einem Skulpturenwald versteckt, dessen Bestandteile erst beim Lesen der Schildchen ihre Funktionen als Diwane, Garderobenständer und Stehlampen offenbarten.

Mein Vater setzte diesen Blick auf, mit dem er die Tagesschau verfolgte. Er humpelte durch die Reihen, klopfte auf eine Tischplatte und blieb vor einem Bett mit rot lackiertem Rahmen stehen. Ich setzte mich auf die breite Matratze. Mein Vater griff nach dem Preisschild, drehte es, kniff die Augen zusammen und ließ es gleich wieder fallen.

»Steh auf«, sagte er leise.

Der Verkäufer kam, ein junger Mann mit wachen Augen, Pickeln und einem karierten Schlips.

»Kann ich helfen?« fragte er.

»Wir suchen ein Bett«, sagte mein Vater. »Ein Bett für

eine junge Frau, ungefähr in Ihrem Alter, mit einem ganz speziellen Geschmack.«

Der Verkäufer nickte.

»Lassen Sie mich ehrlich sein. Ich habe lange nicht begriffen, wie sich ein wirklich gutes Bett von einem beliebigen Bett unterscheidet. Ihr Sohn dagegen kommt hier rein und setzt sich gleich auf dieses Wunder ... Ist die Matratze bequem?«

»Sehr«, sagte ich, obwohl sich mein Vater schon den Betten zugewandt hatte, die weiter hinten im Halbschatten standen.

»Das Schlafsystem Urbana. Lackierte Nicaragua-Eiche. Elektrisch verstellbares Kopfteil.« Der Verkäufer räusperte sich. »Die Matratze wird in sechs verschiedenen Federkraftrezepturen gefertigt.«

Seine Hände zitterten. Er verschränkte sie vor der Gürtelschnalle.

»Die Federn sind übrigens thermisch vergütet.«

»Thermisch«, sagte mein Vater und schnalzte.

»Wir stimmen das System auf Anatomie und Gewicht des Schläfers ab. Darf ich fragen, wie schwer Ihre, äh, Tochter ist?«

»Keine Ahnung«, sagte mein Vater. »Sechzig Kilo.« Er sah mich an. »Fünfundsechzig höchstens.«

»Na, dann wurde dieses Modell für ihre Tochter maßgeschneidert!« Der Verkäufer grinste. Mein Vater grinste auch, wir alle grinsten, obwohl der Verkäufer nichts Lustiges gesagt hatte.

»Wie breit ist das Ding«, sagte mein Vater.

»Zweihundert Zentimeter.«

»Puh.« Er rieb sich die Wange. »Da passen wir ja zu dritt rein.«

»Nun«, sagte der Verkäufer, »ich nehme an, Ihre Tochter bekommt manchmal Besuch?«

»Sie ist ein ganz sauberes Mädchen«, sagte mein Vater. Er tippte dem Verkäufer auf die Schulter. »Sie wissen, wie man's macht, oder?« Plötzlich brachen beide in ein schrilles Japsen aus, das nach den Asthmaanfällen meiner Großmutter klang.

»Gut«, sagte mein Vater. »Schon gut.« Plötzlich war er wieder ernst. »Ist in Ordnung. Wir nehmen das Bett.« Er sah mich an. »Was meinst du? Ist doch ein dolles Ding, oder?«

Ich sah zu Boden. Er beugte sich vor und knuffte mich in die Rippen.

»Mit diesem Jungen kommt man nur schwer ins Geschäft«, sagte er.

»Ach«, sagte der Verkäufer. »Irgendwann wünscht er sich auch so ein Bett.«

Wieder japsten die beiden. Ich dachte, daß mein Vater es im Grunde gut meinte, und daß ich seine Laune teilen und ihm vertrauen sollte, wie meine Mutter ihm während all der Jahre vertraut hatte, wie seine Chefs seinen Kenntnissen einer Technologie vertraut hatten, die, das betonte er immer wieder, den Weltuntergang herbeiführen konnte.

»Schränke«, sagte mein Vater schließlich. »Wo gibt es Kleiderschränke?«

»Da vorne«, sagte der Verkäufer, »hinter den Küchenträumen. Haben Sie etwas Bestimmtes im Sinn?«

»Wir schauen uns erst mal um. Wir melden uns, wenn wir Hilfe brauchen.«

»Jederzeit«, sagte der Verkäufer, und mein Vater streckte die Hand vor und machte ein Victory-Zeichen. Ich wollte raus aus dem Schauraum, aber als der Verkäufer sich abwandte und Richtung Kasse verschwand, packte mein Vater mich am Arm.

»Was ist los«, sagte er.

»Nichts«, sagte ich.

»Du bist komisch!« Er schob mich vor sich her durch den Raum zu dem Bereich, wo die Schränke standen.

»Laß mich los«, sagte ich.

»Okay. Begreif es.« Er machte sich gerade, atmete durch und starrte auf einen Punkt zwischen seinen Füßen. Das tat er immer, bevor er Dinge aussprach, die er für sich behielt, bis man eine gewisse Grenze überschritten hatte.

»Vergiß die Sache mit Ada.« Er zog die Brauen zusammen. »Was ist mit dieser Freundin, von der du mir erzählt hast? Was ist mit den Mädchen aus deiner Klasse? Aus den Klassen darunter?«

Ich sah mich um. Der Verkäufer stand vorn bei der Kasse und massierte sein Ohr. Es waren noch andere Leute da, Paare zumeist, die tasteten, murmelten, sich über Preisschilder beugten, uns aber nicht bemerkt hatten oder zumindest so taten.

»Wir haben nie darüber gesprochen. Du bist jetzt in

diesem Alter. Vielleicht hab ich einen Fehler gemacht«, sagte mein Vater.

Eine junge Frau ging vorbei. Sie war blond, und an ihrem Haar, dessen Spitzen den Hals umzüngelten, sah ich, daß sie eine dieser besonderen Frauen war, die im Sommer bei Paolino auf der Alsterterrasse saßen oder durch die Drehtür des Vier Jahreszeiten kamen, wenn ich am Samstagabend von der S-Bahn zum Kino ging. Sie trug eine winzige Handtasche. Mein Vater stand im Weg. Die Frau wich aus, und ich konnte spüren, daß sie sofort erkannte, was für Leute wir waren.

»Guck dich an«, sagte mein Vater. Er trat zur Seite, packte meine Schultern und zog mich vor einen Wandspiegel.

»Da, guck, wie gut du aussiehst! Und du bist klug! Und immer traurig!«

Im Spiegel sah ich, daß der Verkäufer uns beobachtete.

»Bitte«, sagte ich. »Laß mich los.«

»Andere Jungen lachen und spielen Tennis und haben Freunde!«

»Laß jetzt los, sonst schrei ich.«

»Ach ja? Und als nächstes? Kneifst du und beißt und ziehst deinen Vater an den Haaren?« Er schüttelte mich hin und her. Dann hielt er inne und räusperte sich, und ich konnte sehen, daß neben seiner Nase eine Träne entlanglief, obwohl sein Gesicht ausdruckslos war, nicht wütend, nicht einmal traurig.

»Komm her«, sagte er. Er zog mich zu sich heran. »Komm«, sagte er noch einmal. Ich versuchte, nur seinen Schweiß und die Stoppeln und das verklebte Gelbe in seinem Ohr wahrzunehmen. Ich schob ihn weg.

Plötzlich schluchzte er – es war ein hohes, dünnes Geräusch wie von einem Ertrinkenden. Ich ließ locker, schlang meine Arme um ihn und erschrak, denn ich spürte, daß diese Umarmung zum letzten gehörte, was uns verband.

23

Donner ließ die Scheiben vibrieren. Mein Vater fuhr zusammen, der Schraubstock glitt ihm aus der Hand, aber die Chiffonnière stand, sie stand auf ihren vier Füßen.

»Geh zu Ada«, sagte er. »Spiel Backgammon mit ihr. Augustin wird gleich da sein.«

Ich setzte mich neben sie auf die Couch. Wir sahen die Blitze am Himmel zucken. Mein Vater wollte, daß sie nichts vom Abtransport der Chiffonnière bemerkte. Er hatte mit Augustin telefoniert, ihm geraten, nicht nur seine Lehrlinge, sondern auch Müllsäcke mitzubringen, die man auseinanderschneiden und um das Holz wickeln konnte, damit es im Regen auf dem Weg zum Transporter nicht quellen würde.

Er hatte den Inhalt der sieben Laden in die Ecke geworfen, Skizzenblocks, Parfumflacons, Erzgebirgsengel und Photoalben. Zwei Tage lang hatte er gehämmert, geschmirgelt und poliert, den Fuß angedübelt, die Rahmen der Laden mit Epoxidharz gestärkt und Laufleisten ausgebessert. Er hatte nur Bananen gegessen, sich nicht gekämmt und nicht geduscht. Entgegen dem Rat des Arztes lief er ohne die Krücken durchs Haus. Zwei der Löcher in seinem Bein, aus denen die Stäbe hervorragten, waren inzwischen vereitert, aber er legte keinen Verband an, seit der alte an einer gesplitterten Holzschraube zerrissen war.

»Was ist mit ihm«, sagte Ada.

»Er bereitet was vor«, sagte ich. »Eine Überraschung.«

»Muß das sein«, sagte sie.

Sie sprach noch wie jemand, auf dessen Nase eine Wäscheklammer saß, aber ihr Schleim in den Tempos war weiß und dünn geworden, sie aß Spaghetti statt Hühnerbrühe, trug statt des Strickpullovers ein Nachthemd, und der Bezug ihres Kopfkissens roch wieder nach Parfum.

Während vor dem Fenster der Fluß und die Bäume im Regen verschwanden, zeigte sie mir Photos aus Lublin: ihr Vater vor seinem Wagen, einem glänzenden Lada Niva, ihre Mutter, in deren Gesicht man Adas Gesicht ahnte, eine kleine Frau mit Bürstenfrisur und stämmigen Schenkeln, die den Arm zur Kamera streckte, als würde sie tanzen, Ada als Mädchen, das vor dem Strahl eines Gartenschlauches floh, nackt, mit einem zerzausten Fisch aus Stoff in ihren Armen. Ich fragte sie nach Details, nach dem Schuppen im Hintergrund, nach dem Fisch und der Uniform des Mannes, der den Schlauch hielt, um das Photo so lange wie möglich betrachten zu können. Stimmen drangen vom Flur durch die geschlossene Wohnzimmertür, mein Vater sprach mit Herrn Augustin und den Lehrlingen, und kurz darauf hörte ich sie ächzen, während Herr Augustin »Achtung!« und »Jetzt durch die Tür!« und »Absetzen!« rief.

»Das ist Jurek«, sagte Ada.

Er trug eine Schürze und hielt auf Brusthöhe ein Tablett mit Cheeseburgern. Sein Haar war lang und braun, er hatte ein schlankes Gesicht und rote Augen.

»Blöde Kamera«, sagte sie.
»Ist doch ein gutes Bild.«
»Findest du?«
»Feiner Typ«, sagte ich. »Seid ihr befreundet?«
»So ähnlich«, sagte sie und hielt mir das nächste Bild hin, auf dem sie mit einer Tüte Eis in einem Ruderboot saß. Ich spürte einen Stich in der Brust, weil er der Mann war, zu dem sie gehörte.

Bevor ich ins Bett ging, warf ich noch einen Blick ins Schlafzimmer meines Vaters. Zwischen den Fenstern, wo die Tapete etwas heller war, stand nun ein Korbstuhl aus dem Keller. Während ich meine Zähne putzte, fragte ich mich, ob ein Fremder, der das Zimmer beträte, spüren würde, daß etwas fehlte.

Gegen drei wachte ich auf. Ich hörte die Toilette rauschen, und ich hörte, wie das Wasser durch die Rohre floß, die in der Wand nach unten liefen, um dann vielleicht zur Straße zu ziehen oder in Richtung der anderen Häuser.

Ich schlüpfte in meinen Bademantel, öffnete die Zimmertür und trat hinaus in die dunkle Diele. Durchs Schlüsselloch sah ich, daß im Schlafzimmer meines Vaters kein Licht brannte. Ich schlich zur Treppe und beugte mich über das Geländer. Die Wohnzimmertür war halb geöffnet, und gleich dahinter stand im Schein der Stehlampe unser Servierwagen. Ich ging, so vorsichtig ich konnte, zurück zum Bett, nahm das Päckchen mit dem Skorpion aus der Tasche meiner Trainingsjacke, schlich wieder in die Diele, blieb stehen und hielt den Atem an. Im Bad klappte der Klodeckel, dann lief der Wasserhahn, und ich hörte das Schmatzen des Seifenstücks und das Reiben des Handtuchs. Ich drückte mich an die Tapete, als die Tür aufging.

Aus dem Bad kam mein Vater. Er knipste das Licht aus, bevor meine Augen sich daran gewöhnten, aber ich sah, daß er nackt war bis auf den Duschvorleger, der über seinen Schultern hing wie eine Jagdtrophäe. Ich sah die metallenen Stäbe an seinem Bein, seinen Penis, den schlaffen Bauch und die krausen Haare auf seiner Brust. Er ging die Treppe runter – ich hörte seine Fingernägel über das Geländer schaben, hörte die Stufen unter seinen dumpfen Tritten knarzen, und dann war er unten und lief noch ein Stück und zog die Wohnzimmertür ins Schloß.

Ada ist wieder weg, dachte ich. Sie war gesund und hatte beschlossen, uns endgültig zu verlassen. Das dachte ich, während ich in der dunklen Diele stand, und ich dachte noch andere Dinge, daß mein Vater getrunken hatte und vielleicht deshalb nackt war oder daß seine alte Allergie ihn wieder belästigte und er sich ohne den Pyjama besser kratzen konnte. Und ich dachte, daß er vielleicht schlafwandelte und daß Ada schreien würde, wenn sie ihn so sah, aber dann hörte ich einen Laut, der klang wie das Röcheln eines Kindes, wie mein eigenes Röcheln, als mir auf dem Schulhof diese Kastanie in den Hals gerutscht war. Das Geräusch kam von unten, aus dem verschlossenen Wohnzimmer, und ich wußte plötzlich, daß ich während der letzten Wochen geträumt hatte und noch immer träumte, obwohl ich die Kälte des Parketts an meinen Füßen spürte und den rauhen Stoff des Bademantels am Hals und einen Stich an der Hand, den Stachel des Skorpions, der sich durch das seidene Papier gebohrt hatte.

Ich ging in die Hocke und begann, meine Zehen zu zählen, vor und zurück, bis ich bei zweihundert angelangt war, und dann zählte ich meine Zähne und die Haare auf meinem Kopf, um nichts anderes denken zu müssen, aus Angst, die anderen Gedanken könnten nach unten ins Wohnzimmer dringen wie etwas Lautes, etwas, das lauter war als ein Schrei.

Um sieben zog ich mich an. Ich lief zur Bäckerei und kaufte Brötchen und Kaffee, briet drei Eier in der Pfanne, preßte ein paar Orangen aus, schälte Kiwis und stellte alles im Wohnzimmer auf den Eßtisch. Ada schlief noch auf der Couch. Davor stand ein Wasserglas auf dem Boden, und unter dem Laken, mit dem ich das Polster bespannt hatte, lugte der gelbe Plastikzipfel des Duschvorlegers hervor.

Ich setzte mich an den Tisch, schippte ein Spiegelei auf meinen Teller, aß, schenkte Milch ein, knallte den Krug auf die Tischplatte und warf meine Gabel auf den Boden. Dann griff ich nach der Fernbedienung. Im Ersten lief die »Muppet Show«, Gonzo sang gerade ein Lied, und Kermit spielte dazu Gitarre. Ich drückte den Lautstärkeknopf, bis die Gläser in der Vitrine vibrierten.

»Frühstück«, rief ich.

Ada rieb sich die Augen und blinzelte. Sie richtete sich auf, zog ihr Haargummi unter dem Kissen hervor und band sich einen Zopf.

»Wie spät«, rief sie.

»Kurz nach acht.«

»So früh. Heute ist doch Samstag.«

Plötzlich ging die Tür auf, und mein Vater kam herein. Sein Haar stand vom Kopf ab wie elektrisiert. Er humpelte zum Fernseher, sah sich um und drückte mehrmals die Knöpfe für Helligkeit und Kontrast, und er drückte auf die Blenden und auf das Schild mit dem Grundig-Schriftzug.

»Wo geht das aus?« rief er. »Wo ist die Fernbedienung?«

Ich legte sie hinter den Milchkrug. Schließlich schob er den Fernseher zur Seite, beugte sich vor und zog den Stecker.

»Was soll das«, sagte er. Seine Augen waren klein und verquollen. Er trug sein Holzfällerhemd, die Pyjamahose und weiße Socken mit Basketbällen, die wir zusammen bei Woolworth gekauft hatten.

»Kannst du mir sagen, was das soll?«

»Ich habe uns ein Frühstück gemacht.«

Er brummte und schüttelte seinen Kopf.

»Spinnst du jetzt völlig«, sagte er.

Ada schob die Decke zur Seite, stand auf und ging zum Sessel, über dessen Lehne der BH, die Jeans und ihr T-Shirt hingen. Sie nahm die Jeans, schlüfte hinein und zog sie unter dem Nachthemd hoch. Ich drehte mich weg.

Mein Vater blieb stehen, während sie den Hosenschlitz knöpfte.

»Ist doch schön«, sagte sie, »so ein gedeckter Frühstückstisch, als hätte jemand Geburtstag.«

Sie setzte sich hin und starrte auf die Pfanne mit den Eiern. Mein Vater schüttelte wieder den Kopf und kratzte sich unter der Achsel. Schließlich kam er an den Tisch, setzte sich auf den Stuhl neben Ada und rieb seine Hände.

»Stimmt«, sagte er. »Der Tag ist nur am Morgen jung.«

Er schenkte Kaffee in die Tassen, nahm eines der Brötchen, schnitt es auf und belegte es mit Krustenschinken. Er biß hinein, und ein Stück Kruste blieb an seiner Lippe hängen.

»Vorzüglich«, sagte er.

Das Krustenstück schlackerte hin und her, ehe er es in den Mund schob.

»Ich habe prächtig geschlafen. Und ihr?«

Er schippte ein Ei auf Adas Teller.

»Ich möchte lieber Kiwi«, sagte sie. »Und was von dem Brot.«

»Iß das ruhig«, sagte er. »So ein Spiegelei ist was Gutes.«

»Ich will es nicht«, sagte sie.

Er aß weiter. Ada schob den Teller mit dem Ei zur Seite, nahm ein Stück Kiwi und biß hinein. Der gelbgrüne Saft tropfte aufs Tischtuch.

»Guck«, sagte mein Vater.

»Was denn«, sagte sie. »Soll ich mir ein Lätzchen binden?«

»Ist ja gut«, sagte er und trank noch einen Schluck Kaffee. »Wie wär's mit Musik?« Er sah mich an. »Bei einem Samstagsfrühstück darf gute Musik nicht fehlen, oder?«

»Debussy«, sagte ich. »Und einen Piccolo?«

»Du denkst«, sagte mein Vater, »die junge Frau kann welchen gebrauchen.« Er grinste und kniff Ada in den Oberschenkel.

Ich faltete meine Serviette zusammen, legte sie neben den Teller, ging ins Klavierzimmer, schaltete die verstaubte Anlage ein und kratzte mit der Abtastnadel quer über die Platte. Dann knipste ich das Kellerlicht an und ging die Treppe runter. Mein Mund war trocken, obwohl ich die Milch und den Saft getrunken hatte.

Im Geräteraum standen hinter den Ersatzglühbirnen zwei kleine Freixenets, verknüpft durch das Netz einer drallen Spinne. Ich stellte mich auf Zehenspitzen, tastete nach dem Stromzähler, holte die Trittleiter aus der Waschküche und rückte sie an das Regal heran. Ich stieg hinauf, zog den Gefrierbeutel hinter dem Zähler hervor und nahm die gebündelten Scheine heraus; sie waren grau und faltig. Ich zählte neunzehn Tausender; scheinbar hatte mein Vater schon einen genommen.

Ich schob das Bündel in meine Tasche, knüllte die Tüte zusammen und klemmte sie wieder an ihren Platz. Dann nahm ich die beiden Flaschen, knipste das Licht aus, schlich nach oben und lauschte. Mein Vater summte zur Musik, als würde das laute Knacken in den Takten nicht weiter stören.

Adas Rucksack hing an der Garderobe. Ich öffnete ihn,

steckte die Scheine unter das Deckblatt ihres Notizblocks und überlegte, ob ich eine Erklärung dazuschreiben sollte, einen Gruß oder vielleicht den polnischen Satz aus ihrem Brief, aber ich konnte mich nicht mehr an die Worte erinnern. Ich schrieb ihn auf deutsch und stopfte den Block zurück und zog die Riemen fest.

Sie ging um elf. Ich sagte »Bis dann« und küßte ihre Wange. Es war mir egal, daß mein Vater danebenstand und auf die Uhr sah, daß der Kuß eine kurze Verzögerung seines Planes bedeutete.

Ich brachte Ada bis zum Tor, sah die Müdigkeit in ihren Augen, die feinen Falten an den Lidern – Falten, die morgens tiefer waren als abends und verschwanden, wenn sie ihre Fettcreme benutzte.

Ich hatte den Skorpion vergessen.

»Ich verstehe es nicht«, sagte Ada. »Wozu brauchen wir Champagner, Bouillabaisse und Perlhuhnbrüste? Er schikaniert mich, oder?«

»Das glaube ich nicht«, sagte ich. »Er will uns bloß eine Freude machen.«

Dann ging sie los. Als das Motorengeräusch des Busses herüberwehte, nahm sie die Sandalen in ihre Hand und begann zu laufen – der Rucksack hüpfte, ihr Zopf wippte, ihre nackten Füße huschten über den Asphalt. Sie lief nicht wie jemand, der floh, eher wie eine junge Frau, die den Bus erwischen wollte, um einzukaufen, bevor am Samstag die Läden schlossen.

»Gut«, sagte mein Vater. »Sehr gut. Da kommt schon der Möbelwagen.«

Er hatte am Fenster gestanden und immer wieder auf die Uhr gesehen. Nun humpelte er den Packern entgegen, einem fröhlichen älteren und einem jungen mit Glatze und Ziegenbart, der gerade versuchte, die rostigen Flügel unseres Gartentors aufzustemmen.

»Hier sind Sie richtig«, rief mein Vater. »Zeigen Sie mal den Lieferschein ... Rot, das ist unsere Farbe. Bringen Sie's gleich rein!«

Die Packer trugen den Rahmen und die Matratze getrennt durch die Tür. Sie schlitzten die Kartonagen mit ihren Teppichmessern auf und begannen, den breiten Lattenrost zusammenzusetzen.

»Paßt nicht«, sagte der ältere.

»Kein Problem«, sagte mein Vater. »Wir schieben das Klavier zur Seite.«

Er humpelte zum Klavier und stemmte sich dagegen.

»Warten Sie«, sagte der ältere Packer. Er zog auf der anderen Seite, während der Ziegenbärtige zusammen mit meinem Vater schob. Das Klavier bewegte sich zentimeterweise übers Parkett.

»Sind da keine Rollen dran?«

»Stecken wohl Staub und Haare drin!«

»Noch ein Stückchen!«

Mein Vater keuchte. Der ältere Packer kam hoch, rieb sich das Kreuz und setzte neu an, und plötzlich riß die Seitenwand heraus. Der Packer stand da, das Holzstück in seinen Händen, als wollte er weinen.

»Macht nichts«, sagte mein Vater. »Legen Sie's oben drauf. Das sollte reichen. Jetzt das Bett.«

Er ballte die Fäuste und stöhnte, als er mit dem eitrigen Bein auftrat.

»Kommt sie schon?« fragte er. »Geh und sieh nach. Wir sind gleich soweit.« Er deutete aus dem Fenster und schnippte mit den Fingern.

Während ich an der Straße stand, hörte ich zweimal den Bus, aber ich sah nur die junge Ärztin im Nachbarhaus verschwinden. Schließlich kamen die Packer raus. Sie nickten mir zu, stiegen in ihren Wagen, hupten und fuhren davon.

»Komm«, rief mein Vater.

Das Bett füllte beinahe das gesamte Klavierzimmer aus.

»Was meinst du«, sagte er.

»Groß«, sagte ich. »Und das Klavier?«

»Ich schätze, ich hätte es nicht mehr zur Meisterschaft gebracht«, sagte er. »Und du wärst wahrscheinlich auch kein zweiter Benedetti geworden.«

Er sah wieder auf die Uhr.

»Sie wird gleich da sein.« Er rieb sich das Bein. »Weißt du was? Wir trinken einen. Zur Beruhigung.«

»Wir haben nichts mehr«, sagte ich.

»Doch«, sagte er und grinste. »Ich hab eine Flasche Grappa gerettet. Schau mal im Küchenschrank, beim Putzzeug. Und das hier nimmst du mit.« Er hielt mir den Lieferschein und die Rechnung hin. »Versteck's im Sekretär, ja? Das ist allein unsere Sache.«

Ich war bereit, alles zu tun, was er von mir verlangte. Der Grappa stand beim Entkalker. Ich nahm zwei Gläser, ein Schnapsglas und ein größeres, und goß ein.

»Was soll denn das große Glas«, sagte er. »Ach. Schnaps ist Schnaps. Prost.« Er trank in zwei Zügen und stellte das Glas auf dem Klavier ab.

»Ein Bett wie ein Sportwagen«, sagte er und strich mit den Fingern über den Rahmen.

»Noch einen Grappa?«

»Na gut.« Er nickte. »Trinken wir einen auf uns. Wie wir das alles hingekriegt haben. Trotz der kleinen, wie soll ich sagen, obwohl wir manchmal verschieden ticken.«

Er lachte und zog mich zu sich heran. Ich roch seinen Schweiß und das Eau de Cologne, das er neuerdings benutzte.

»Prost«, sagte er wieder. »Wo bleibt sie denn bloß?« Er stampfte auf. »Wenn das Mädchen wüßte, was für ein feines Bett hier wartet!«

Dann setzten wir uns ins Wohnzimmer und sahen ein bißchen fern. Ich brachte meinem Vater Wasser, und als die Nachrichtensprecherin gerade beim Wetter angelangt war – »heiter bis wolkig« –, goß ich ihm noch einen großen Schluck Grappa ein, worauf er »Um Gottes willen!« rief, das Glas dann aber leer trank.

»Hat sie was gesagt? Wollte sie jemanden treffen?«

»Soviel ich weiß«, sagte ich, »wollte sie gleich wieder da sein.«

Er beugte sich vor, hob einen hellen Fussel vom Läufer auf und steckte ihn in die Brusttasche seines Holzfällerhemdes. Irgendwann würde ich vom Bahnhof oder vom Flughafen kommen. Ich würde vielleicht eine Frau begrüßen, die dann mit ihm lebte, und er würde meine Freundin begrüßen, sie ansehen und mit weicher Stimme Bonmots zum besten geben.

Das Frühstück stand noch auf dem Tisch. Ich räumte ab, verpackte die Reste, legte sie in den Kühlschrank, stellte das Geschirr in die Spüle und setzte mich wieder hin. Manchmal, wenn wir an Samstagen mit meiner Mutter gefrühstückt hatten, hatte mein Vater sich eine Karotte quer in den Mund geschoben und dazu mit den Ohren gewackelt, oder er hatte sich einen Streifen Mettwurst an die Nase geklebt und den Ruf des jungen Truthahns aus Hagenbeks Tierpark imitiert.

Ich griff nach der Flasche.

»Es reicht«, sagte er. »Einen noch, dann reicht es.«

Darüber dachte ich nach, während ich ihm beim Warten zusah: daß er kein anderer Vater war, sondern derselbe, ein paar Jahre später.

Die Arbeit an dem Roman wurde von einem dreiteiligen
Romanseminar von textwerk am Literaturhaus München
unterstützt und durch das Literaturstipendium der Stadt
München gefördert.

Bibliographische Information Der Deutschen Bibliothek
Die Deutsche Bibliothek verzeichnet diese Publikation
in der Deutschen Nationalbibliographie; detaillierte
bibliographische Daten sind im Internet über
http://dnb.ddb.de abrufbar.

2. Auflage 2005
© 2005 Deutsche Verlags-Anstalt, München
Alle Rechte vorbehalten
Typographie und Satz: DVA/Brigitte Müller
Gesetzt aus der Goudy
Druck und Bindearbeit: GGP Media GmbH, Pößneck
Diese Ausgabe wurde auf chlor- und säurefrei gebleichtem,
alterungsbeständigem Papier gedruckt.
Printed in Germany
ISBN 3-421-05786-9